WITHDRAWN

EL MEJOR ALCALDE, EL REY

FUENTE OVEJUNA

Selecciones Austral

Félix Lope de Vega y Carpio

LOPE DE VEGA

EL MEJOR ALCALDE, EL REY

—

FUENTE OVEJUNA

INTRODUCCIÓN POR ALONSO ZAMORA VICENTE

QUINTA EDICIÓN

ESPASA-CALPE, S. A.
MADRID
1985

Primera edición: 29 - VI - 1978
Segunda edición: 9 - I - 1980
Tercera edición: 5 - III - 1980
Cuarta edición: 20 - V - 1982
Quinta edición: 17 - X - 1985

© Espasa-Calpe, S. A., Madrid, 1978

—

Diseño de cubierta: Alberto Corazón

—

Depósito legal: M. 35.037—1985

ISBN 84—239—2043—7

Impreso en España

Printed in Spain

Acabado de imprimir el día 17 de octubre de 1985

Talleres gráficos de la Editorial Espasa-Calpe, S. A.

Carretera de Irún, km. 12,200. 28049 Madrid

ÍNDICE

DOS COMEDIAS DE LOPE DE VEGA

La personalidad de Lope de Vega Carpio (Madrid, 1562-1635) llena cumplidamente, con su producción abrumadora, la escena clásica española. Por todas partes se reconoce su papel de fundador de un teatro nacional y se destacan sus valores de lírico excelso. A estos dos aspectos habría que agregar otros varios, ya que Lope de Vega pulsó casi todas las vertientes del quehacer literario y, aunque con resultados diversos, siempre lo hizo con indiscutible valía y con un excepcional valor de testimonio. Lope de Vega nos ha legado la desazonadora tarea de seguir leyéndole y admirándole, tarea que es, en ocasiones, sobrecogedora. En el inmenso caudal de sus títulos es muy fácil perderse, encontrar llamativas coincidencias y parecidos y, no es extraño, inevitables desmayos. Pero siempre, a la vuelta de la página, Lope nos deslumbra con sus aciertos inesperados, con sus arranques de exquisito lirismo, con su certera visión de las situaciones dramáticas.

Las dos comedias que vienen a continuación responden perfectamente a los supuestos sobre los que Lope de Vega levanta su arquitectura dramática. Las dos cuentan el conflicto surgido de la alocada pasión de un noble por una hermosa aldeana. Dentro de la producción de Lope de Vega, habría que poner estas obras en relación con otras comedias donde la materia teatral se plantea de manera próxima: *Los comendadores de Córdoba*, *Peribáñez y el comendador de Ocaña*, *El infanzón de Illescas*, *Los novios de Hornachuelos*. Y se debería ensanchar la lista con comedias de otros autores, como *La dama del Olivar* y *La Santa Juana*, de Tirso de Molina, o *La luna de la sierra*, de Luis Vélez de Guevara. Se trata de

comedias, estas nuestras de hoy, que hablan directamente
a un público al que conviene ir adiestrando en los funda-
mentos de la Monarquía española y hacerle ver cómo se
orienta la máquina política hacia un fin predeterminado,
en la cima del cual, socialmente hablando, está el rey. La
sociedad en que se mueve Lope de Vega está constituida,
como ya se ha dicho muchas veces, a manera de una pirá-
mide. La base es el pueblo, el común, los artesanos, los labriegos. Viene luego hacia arriba la casta de los hidalgos,
luego los nobles, finalmente, ya en la cúspide, el rey. Y el
rey es algo así como la sucursal de Dios en la Tierra, el en-
cargado de mantener el orden, un orden que se considera
previamente bueno e intocable. En torno a esta sociedad
estancada, rígidamente catalogada de esta manera, va y
viene el tradicional sentido del honor, de la fama, de la
justicia. Todo en el mundo está como está, y está bien hecho.
Cualquier alteración en su funcionamiento puede y debe
ser resuelta por el rey, quien, a manera de voz divina, res-
taura el orden quebrantado, devolviendo a sus súbditos la
rota armonía, sin que por ello tenga que disgustar a los
viejos estamentos privilegiados. Cuando el rey asciende de
estado al labriego, lo hace sabiendo que el nuevo orden
sale beneficiado con ese ascenso; surge enriquecido por el
dinero, la consideración de sangre limpia, o la estima de
una religiosidad sin tacha, o por el peso de unas francas
virtudes en general, a la vez que el ascendido queda súbita-
mente investido del viejo orgullo de casta superior, de papel
director y privilegiado en una colectividad que, hasta el
instante mismo de la intervención real, le mantenía alejado[1].

Éste es el verdadero sentido de la adjetivación *nacional*
tantas veces traída a colación al meditar sobre el teatro lopesco. Lope está admirablemente compenetrado con la sociedad organizada en que vive, y nada hay más lejos de sus
propósitos que el de magnificar un conflicto que ataque la
estructura consagrada o el de abrigar una protesta contra
ella para, ulteriormente, vestir de diversos valores al suble-
vado o al quebrantador. Nada de eso, Lope cree ciegamente

---

[1] Puede verse, para todo esto, el libro de JOSÉ A. MARAVALL, *Teatro y literatura en la sociedad barroca*, Madrid, 1974. También ilumina varios aspectos de la sociedad contemporánea JOSÉ M.ª DÍEZ BORQUE, *Sociología de la comedia
española del siglo XVII*, Madrid, 1976.

en los valores establecidos y se limita a ponerlos de nuevo en vigencia, incluyendo brillantemente en ellos al disidente. Del conflicto del drama lopesco se regresa, por encontradas vías, al orden antiguo, el roto, que sale, eso sí, enriquecido con nuevas adquisiciones humanas o de concepto, pero en el fondo tan rígido como estaba antes de la peripecia que le puso en cuestión. Y volveremos a estar bajo el señorío de la dignidad real, olímpicamente sentada en su trono. Lo que Lope sabe hacer con un mimo extraordinario es ir dotando al recién encumbrado, con dosis muy meditadas y bien repartidas, de todas las virtudes exigibles para que no disienta de sus nuevos colegas de casta. Dinero en primer lugar: todos los personajes de estos conflictos (Peribáñez, Juan Labrador, Laurencia, Sancho, etc...) son labriegos, sí, pero, por lo general, tienen el riñón bien cubierto. Poseen terrenos, fecundas heredades, nutridas bodegas. Si no lo tienen, están en trance de poseerlo, como ocurre con Sancho en *El mejor alcalde, el rey*. Son verdaderos reyes ya en sus pajas, en el reino menudo de la aldea[2]. Estos labriegos son, por añadidura, de sangre limpia. El prejuicio universal de que la nobleza estaba mezclada con otras sangres (especialmente con la judía) ha ido recreciendo la creencia de que sólo los labradores han mantenido su pureza. Y así lo hacen notar muchas veces los aldeanos conflictivos del teatro lopesco. Son buenos representantes de los que tienen «cuatro dedos de enjundia de cristianos viejos», de que habla Sancho Panza tras la fina ironía cervantina. De ahí, las frecuentes ocasiones en que, broma va broma viene, con un agridulce resquemor para el espectador contemporáneo, o una acusada desorientación para el lector actual, que no está en el cen

---

[2] Véase más adelante cómo se afirma la riqueza de Peribáñez. Juan Labrador, precisamente, es conocido por sus muchas riquezas. Una observación conviene hacer a propósito del padre de Laurencia, en *Fuente Ovejuna*: habla de dar a su hija una dote estimable:

> Que yo bien te puedo dar
> cuatro mil maravedís.

Está claro que la cantidad no es muy importante. Se trata de una de esas frases que retratan al *viejo*, que habla por valores ya desaparecidos, según lo que valía la moneda *en su tiempo*. Es un inocente recurso para destacar la inocencia, el aislamiento, etc., de la comunidad rústica. Inocente, pero eficaz, ya que despierta la nostalgia de unos tiempos idos definitivamente.

tro del problema, oímos a los labriegos llamar a los nobles,
sea cual fuere su condición o situación circunstancial, lla-
marles, digo, *judíos*. Así, en *El villano en su rincón*, oímos a
Bruno encararse con los cortesanos, saludando de manera
llamativa:

> BRUNO.   ¿A dónde van los judíos?
> MARÍN.   A buscaros, deudos míos.

En este contexto ha de colocarse la frase que los campesinos
ya soldados dirigen a la compañía de hidalgos en *Peribáñez*,
por juzgar que desfilan con muy poco garbo:

> ¡Que piensen estos judíos
> que nos mean la pajuela!

(Expresión de los juegos infantiles, que equivale a 'hacer
de menos, vencer, considerarse superior'.) Con idéntica abundancia, pero quizá con mayor energía, se destacan los tes-
timonios donde el labrador exhibe orgullosamente la limpieza de su linaje, enfrentándose con ese pretexto a los há-
bitos, cruces, títulos de nobleza:

> alguno acaso se alaba
> de la Cruz que le ponéis,
> que no es de sangre tan limpia,

dice el villano en *Fuente Ovejuna*, cara a cara al señor, quien
acaba de recordarle su condición social y su falta de honor.
Sancho, en *El mejor alcalde, el rey*, se llama a sí mismo *hidalgo*,
al presentarse ante el monarca. ¿Qué más puede retratar a
Peribáñez?:

> Es Peribáñez, labrador de Ocaña,
> cristiano viejo, y rico, hombre tenido
> en gran veneración de sus iguales
> . . . .
> porque es, aunque villano, muy honrado.

Todo un orgullo de casta poderosa, que elevaba su propios valores por encima de cualquier otra cosa, respira por
la boca del que, ya casi inevitablemente, ha de ser ascendido:

> Yo soy un hombre,
> aunque de villana casta,
> limpio de sangre, y jamás
> de hebrea o mora manchada.
> Fui el mejor de mis iguales,

dice Peribáñez ante el propio rey, la única persona que puede dar legitimidad social a esas circunstancias. Bien claro queda que estas cualidades pueden muy bien compensar, en algunas comedias, la falta de dinero.

Pero aún hay más en este repaso de cualidades del labriego. Todos estos personajes, además de lo ya indicado, son o han sido alcaldes, han ejercido a su modo la justicia y la han aplicado a satisfacción de sus conterráneos (el extremo de la trayectoria nos llevará a *El alcalde de Zalamea*, de Calderón) y, también con alguna frecuencia, han desempeñado cargos en la organización religiosa o piadosa de la localidad, es decir, representan algo así como una mini-sociedad dentro de su horizonte vital, sociedad minúscula en la que también son la cúspide. Así, el padre de Laurencia, en *Fuente Ovejuna*, es el alcalde, y su tío, Juan, es regidor. Peribáñez está orgulloso de haber llevado «vara» seis años, y por el voto acorde de sus vecinos. Es decir, esos labriegos que recurren al rey para resolver su situación trágica, llevan ya andando más de la mitad del camino necesario para incorporarse a la casta noble. Sus virtudes reconocidas y acrisoladas, su fama intachable, su experiencia en múltiples asuntos no son más que valiosos soportes para que el rey pueda ennoblecerlos sin quebrantar demasiado las soberbias esquinas de la nobleza tradicional. Y esta nobleza, a su vez, se beneficia de todo cuanto el labriego aporta: dinero, sangre, experiencia, fidelidad... Virtudes entre las que entra también la belleza de la aldeana, móvil accesorio del problema, belleza que, por el simple hecho de su existencia, ya equipara a la aldeana con la gran señora. O la discreción en la conducta y en el hablar, como sucede con Sancho en *El mejor alcalde, el rey*:

> REY   No es posible que no tengas
> buena sangre, aunque te afligen
> trabajos, y que de origen
> de nobles personas vengas

> como muestra tu buen modo
> de hablar y de proceder.

Ennoblecimiento, consagración de una sociedad señorial.
¿Qué otro destino podía tener Lisarda, en *El villano en su
rincón?*:

> Mi padre es labrador, pero es honrado.
> No hay señor en París de tanta hacienda;
> de mi dote es mi honor calificado.
>   Yo no soy en lenguaje labradora;
> que fijo cuando quiero lo que hablo,
> y me declaro como veis ahora.
>   Sé escribir, sé danzar, sé cuantas cosas
> una noble mujer en corte aprende,
> y tengo estas entrañas amorosas.

Realmente, ordenar la boda con el noble, boda inmediata,
no supone un gran esfuerzo para el rey. La justicia regia
es así un lejano reflejo de la justicia, de la voz suprema
de Dios. El trance amargo o complicado acaba de disolverse
en felicidad, y la armonía establecida vuelve a afirmarse
sobre los cimientos de una sociedad a la que todo en la comedia está elogiando, ayudando...

Ese trance amargo a que acabo de aludir se llama en una
y otra de las comedias que hoy nos ocupan *(El mejor alcalde,
el rey* y *Fuente Ovejuna)*, la pasión alocada, desatada y peca-
minosa, que un señor con rasgos aún feudales, sufre por
una hermosa aldeana: Elvira en una comedia, Laurencia
en la otra. Un noble en *El mejor alcalde* es la víctima de la
pasión (Lope siempre encontró disculpable cualquier situación originada en el amor) y el comendador de Calatrava lo
es en *Fuente Ovejuna*. Uno y otro se dejan llevar, ciegos, por
sus instintos, y caen en el desorden total, en los famosos
desmanes que tanto y tanto conmovían al espectador de
la época romántica, y que hacían a Lope un precursor de
ciertas actitudes y luchas liberadoras[3]. No, no es eso. O no
es eso solamente. La comedia desempeña un papel educador,

---

[3] Entre *Fuente Ovejuna* y *Peribáñez y el comendador de Ocaña* hay muchas
aproximaciones, pero también muchas diferencias. La más destacada de estas
últimas está en la distinta concepción del noble. El comendador de Peribáñez

orientador, es el vehículo de una cultura dirigida, casi propagandística que diríamos hoy, a fin de adoctrinar al pueblo en el respeto y el acatamiento a los estratos determinados por la estructura sociopolítica y en el sometimiento a la dignidad regia, que se aparece ante los ojos del espectador cada vez más dotada de asombrosas virtudes y, en último término, como el refugio en la Tierra de la justicia ultrajada. De ahí, la mitificación, la deificación de la figura real. Abundan los ejemplos en los que la gente, atónita, duda de que un rey pueda ser un hombre con barba, hablar como los demás, comer, etc. Incluso su prestancia, su dignidad, su belleza corporal inexcusables son como reflejos, como irradiaciones de cuantos portentos puedan acumularse sobre la idea popular de la divinidad. También para la porción señorial de la sociedad, el rey está por encima de todo pretexto o de toda posible acción. El malvado Tello, de *El mejor alcalde, el rey*, dirá, al verse frente al monarca, ya sin asidero en su turbulenta empresa:

> Mi justa muerte ha llegado,
> a Dios y al rey ofendí.

Y esto es reconocido por el mismo personaje que, unos versos antes, mantenía enhiesta su vana soberbia frente al rey, por el hecho de no suponerle cerca. La rápida, casi inexplicable transición en la actitud del noble, que pasa fulminantemente de la arrogancia chillona a la rendida

---

es persona bondadosa, que ejerce su misión a satisfacción de todos. El propio Peribáñez, ante el peligro corrido por el noble, dice en una ocasión:

> Si aquí
> el Comendador muriese,
> no vivo más en Ocaña.
> ¡Maldita la fiesta sea!

En cambio, el de *Fuente Ovejuna* es un auténtico desalmado, cruel, al borde de la anormalidad. Don Tello, el noble de *El mejor alcalde, el rey*, está cerca de los comendadores. Su comportamiento, al principio, recuerda la personalidad del comendador de Ocaña. Es generoso, emprendedor, amable con sus sometidos. Pero la loca pasión que le despierta Elvira le conduce a ser pariente cercano del comendador de *Fuente Ovejuna*: maltrata, encierra, castiga, impone ciegamente sus caprichos y sus desatinos.

sumisión, está en ese camino de mitificación o deificación de la figura regia.

Vamos viendo, pues, cuál es el papel de nuestra gran comedia clásica dentro de la sociedad en que nació y se desenvolvió. Salvando las distancias, es algo muy parecido a lo que la moderna televisión hace en todas partes. Lo cual no está dicho, en lo que al viejo teatro se refiere, con apostilla alguna peyorativa. Ni muchísimo menos. Siempre habrá de sobrenadar la exquisita técnica dosificadora, el tacto y la finura para buscar los conflictos y las situaciones, y saber descubrir los plurales caminos del desenlace (aunque a la postre, ya lo vemos, todo quede arreglado de manera muy próxima) y, sobre todo, siempre habrá que destacar el inigualable tino con que Lope de Vega va *hablando* el drama y sus peripecias, tanto centrales como laterales o secundarias. Lope de Vega no dispone, como el dramaturgo posterior, de una compleja balumba de tramoyas, decorados, bambalinas, luces, etc. Nada de eso está al alcance de nuestro poeta. Tan sólo tiene un gran auxiliar: su propia lengua. El espectador asombrado (o el lector de hoy) tiene que deducir todo cuanto pasa en la escena de lo que allí se está diciendo y de cómo se está diciendo. Todo: viajes, paisajes, geografía remota o próxima, encontrados sentimientos, la noche o el día... Todo hay que *hablarlo*. De literatura estamos hablando. Y Lope de Vega es entonces el gran escritor, el creador, el gran artífice que vuelca poesía y pasión sobre sus personajes y lo hace con el entrecortado fluir de las palabras. Ya queda registrado atrás cómo Alfonso VII, el monarca de *El mejor alcalde, el rey*, ve en el labriego Sancho una persona de calidad por la forma de hablar y de comportarse. También hemos oído cómo se expresa Lisarda, la bella joven de *El villano en su rincón*, quien, además, sabe en qué situaciones ha de hablar de una u otra manera. Es decir, es fiel seguidora de los preceptos del *Arte nuevo*[4]. Ejemplo máximo y muy

---

[4] Lope ha respetado, en lo que concierne a la métrica, los consejos que él mismo da en el *Arte nuevo*: Laurencia, por ejemplo, recita un soneto cuando se queda sola en escena esperando a Frondoso («Amando, recelar daño en lo amado...»); el verso largo se emplea en situaciones de relativa solemnidad (parlamento ante el noble, deliberaciones del Concejo en *Fuente Ovejuna*; diálogo sobre la desgracia acaecida; lenguaje de la corte, en *El mejor alcalde, el rey*): los romances se utilizan para las narraciones, etc. Debe recordarse

claro es, como de tantas otras vertientes de la creación lopesca, *Peribáñez y el comendador de Ocaña*. En esta comedia, los
personajes hablan, en un principio, tal y como les corresponde
hablar por su condición social. Y lo hacen muy diferenciada-
mente. Sin embargo, Peribáñez, a medida que con el fluir
de la acción va encaminándose al cambio ascensional que
remediará el problema, va hablando de forma muy distinta.
Ya capitán, remeda, en cierta forma, el habla cancioneril
del siglo xv, hasta el punto de que Casilda no le entiende
(como antes tampoco ha entendido al comendador, des-
lumbrado por su hermosura al volver en sí después del
golpe):

> Muchas cosas me decís
> en lengua que ya no entiendo.

El propio comendador queda receloso y vagamente alar-
mado ante la nueva habla de Peribáñez cuando acaba de
imponer al labriego la espada:

> Algo confuso me deja
> el estilo con que habla...

Desde el punto de vista de la lengua utilizada en la comedia, la clave, el momento cumbre de ese proceso de dignificación que venimos exponiendo, se da precisamente en
ese diálogo de despedida entre Peribáñez y Casilda. Es
cuando Peribáñez dice algo que ya no es típico del labrador,
acostumbrado a las imágenes rústicas, a la voz del campo
y de la aldea. Peribáñez dice a su mujer:

> ¿No parece que ya os hablo
> a lo grave y caballero?

Sí, ya es otra cosa. El rey tiene allanado el camino para
el ascenso de casta. Y Lope nos lo ha ido diciendo poquito a
poco, con leves apostillas, que hoy hemos de leer cuidadosa-
mente, ya que muchos de estos matices idiomáticos, vivos
para el espectador del siglo xvii ya no existen para nosotros,

---

a este propósito, la serie de rasgos que el *Arte nuevo* aconseja para el habla de
cada tipo humano, según sea su cultura, profesión, dignidad, etc.

lectores de hoy. Este uso de la lengua viva ha de destacar-
se siempre que nos acerquemos a la comedia lopesca, como
uno de los grandes rasgos estilísticos de la dramatización.

En la misma ruta que venimos reiterando, hemos de colo-
car la eterna llamada al popularismo, ese popularismo que en-
vuelve cuanto de Lope de Vega se dice o se escribe. Lope es
pueblo, del pueblo viene y al pueblo habla. Y le devuelve
lo que de él ha aprendido centuplicándolo. Sí, es verdad,
pero también conviene dosificarlo y meditarlo, evitar que
se nos convierta en un socorrido comodín. Lope es pueblo
en cuanto que se mueve en un círculo de ideas y creencias
y sentimientos de los que participa toda la colectividad. Vol-
vemos a tropezar con otra cara del mismo problema. In-
sisto: no hay en Lope nada que pueda suponer un cambio,
una voluntad de cambio, una visión diferente de la realidad
establecida. Para él no hay la menor duda de que cuanto
ocurre sobre la haz de la Monarquía sea susceptible de ser
puesto entre paréntesis. Todo está bien. La cancioncilla tradicional, a la que Lope de Vega ha sabido como nadie sacar
el máximo encanto, y colocarla en las circunstancias funda-
mentales de la comedia, se pone también al servicio de los
estamentos consagrados, de esa sociedad rígidamente organizada, y lo hace a través de la Iglesia, del amor, del fes-
tejo popular, del ennoblecimiento, de la nostalgia, del acatamiento a la autoridad real. A través de todos y de cada
uno de los múltiples acaeceres de la vida, en los que Lope
sabe *cantar*, adaptando (o haciendo vagamente recordarlo)
un proverbio, una conseja, una copla, un romance tradicional. Naturalmente que esta servidumbre no altera los excel-
sos valores líricos de esas cancioncillas dispersas y armónica-
mente entrelazadas (algunas son verdaderas joyas de lírica).
Pero así, el público es, una vez más, encarrilado, insensible-
mente, hacia la sumisión a ciertos valores, a unos estamentos
dentro de los que la vida colectiva se va desenvolviendo. Un
oscuro hilo añuda los derechos del señor, tan mal empleados
en *Fuente Ovejuna*, con la moza rústica en cabello, que se
esconde inútilmente tras las ramas. La cancioncilla que lo
narra, ya en plena fiesta de la boda, parece casi justificar al
noble por aquello de que *quien tiene amor* es capaz de todo.
En frío, imparcialmente, la copla casi preludia el mal fin
de la fiesta. Sirve para recordar a todos, líricamente, que no
todo es alegría allí, que hay algo, una sombra, un presagio,

algo que la enturbia, y que, de paso, sirve para mantener, en el auditorio, vivo el deseo de venganza o de una justicia eficaz. Lo mismo ocurre con la copla que Peribáñez oye al regreso de Toledo, segadores afanándose al atardecer:

> La mujer de Peribáñez
> hermosa es a maravilla;
> el comendador de Ocaña
> de amores la requería...

El fin de la copla devuelve a Peribáñez la fe, la seguridad en su mujer, y el auditorio espera anhelante sus resoluciones, su venganza, confía en su talento y su audacia... Y seguramente lo hacía canturreando a coro los últimos versos:

> Más quiero yo a Peribáñez,
> con su capa la pardilla,
> que no a vos, comendador,
> con la vuesa guarnecida.

En *Fuente Ovejuna*, el estribillo (¿Para qué te escondes, niña gallarda...?) podía, además de ser cantado por todo el pueblo, herir dolorosamente la conciencia de todas las mujeres ultrajadas por el comendador.

Tanto *El mejor alcalde, el rey* como *Fuente Ovejuna* sirven muy cumplidamente a esa «orientación de la masa», hacia la consagración intocable de la autoridad real y al restablecimiento, por la mano regia, del orden alterado. Aparte de estas líneas generales, también las dos comedias responden a los supuestos estéticos de Lope, expuestos, ya se viene repitiendo, en el *Arte nuevo de hacer comedias en este tiempo* (1609). Son excelentes ejemplos de cómo Lope no respeta las unidades aristotélicas de lugar y de tiempo, y, en cambio, hasta donde se puede, se mantiene la unidad de acción. Ambas presentan muy ceñidamente la acción principal, especialmente *El mejor alcalde*. (En *Fuente Ovejuna*, la campaña de Ciudad Real puede considerarse como una acción secundaria, ornamental.) Quizá por esto ha sido tachada, o mejor: ha sido señalada la relativa brevedad de las dos comedias frente a la normal extensión de la comedia lopesca[5]. En *Fuente Ovejuna*, y en *El mejor alcalde, el rey*,

---

[5] *El mejor alcalde, el rey* tiene 2.410 versos; *Fuente Ovejuna*, 2.450. Frente a esto, *Peribáñez y el comendador de Ocaña* tiene 3.130, y *La dama boba*, 3.180.

la boda no alcanza ni con mucho la brillante personalidad que tiene la de *Peribáñez y el comendador de Ocaña*. De ahí que no hayan faltado algunos juicios adversos a nuestras comedias. De todos modos, hoy leemos (y vemos) *Fuente Ovejuna* y *El mejor alcalde, el rey* con indudable afán, prendida la atención del conflicto y de las resonancias que despierta. En ambos dramas, la virtud acosada de la doncella queda enaltecida y en puertas, diríamos, de la máxima dignificación.

Es indudable, para la sensibilidad moderna, que el acierto dramático de *Fuente Ovejuna* ha estado en la implicación de toda la colectividad al sublevarse violentamente contra su tiránico señor, aunque natural. Es cierto que las escenas del tormento quedan, a veces, un tanto desdibujadas, breves, fuera del natural ámbito de la curiosidad, relegadas a voz, lo que con la actual propensión y deleite en la violencia, fácilmente las ensombrece o desdibuja. Pero a la idea que engloba a niños, mujeres, ancianos, personas valientes o apocadas en la universal y concorde respuesta, tras de la que sigue fluyendo la queja del perseguido o maltratado, nadie podrá negarle grandeza y estremecedora vigencia. En la frasecilla repetida «Fuente Ovejuna lo hizo», resonante por encima de temores momentáneos, Lope colocó una atenazante realidad dramática, aunque no haya logrado la delicada fluidez de otras comedias.

Por sus fechas, las dos comedias han podido ser escritas en la *casilla* que Lope de Vega se compró en Madrid, en 1610, en la calle de Francos, cuestas del Madrid austriaco hacia el Prado de San Jerónimo, la casa que hoy podemos admirar y recorrer[6]. Corresponden, pues, al momento cru-

---

La dama boba es de 1613; *Peribáñez*, de hacia 1610. No están muy lejanas de nuestras comedias de hoy.

[6] *El mejor alcalde, el rey*, se viene fechando entre 1620 y 1623. *Fuente Ovejuna*, entre 1612 y 1614. Aquélla se publicó en la *Parte XXI*, 1635, año de la muerte de Lope. *Fuente Ovejuna* apareció en la *Parte XII*, 1619.

Para la datación de las comedias, véase GRISWOLD MORLEY y COURTNEY BRUERTON, *Cronología de las comedias de Lope de Vega*, Madrid, Gredos, 1968.

Lope de Vega no fue excesivamente cuidadoso con sus propios textos. Las comedias se publicaron en *Partes*, en número de veinticinco, que vieron la luz entre 1604 y 1647. Parece que los ocho primeros tomos apenas cuentan con la intervención del poeta. Su vigilancia personal llega a la *Parte XX*. Otras comedias se publicaron en otras obras, series o colecciones. La actual biblio-

cial de su biografía en que se queda viudo por segunda vez: Juana de Guardo, su segunda esposa murió en 1613; meses antes había muerto Carlos Félix, el hijo de siete años, al que Lope dedicó excepcional elegía. Y corresponden también a los inicios del amorío sacrílego con Marta de Nevares, del que ya tenemos pleno conocimiento en 1616. (Por esos años, tan llenos de acaeceres, está también su ordenación sacerdotal, 1614). Lope debía escribir envuelto en tribulaciones, desasosiegos, vacilaciones, y enamorado como nunca lo estuvo[7]. En la casa madrileña reunió hijos de Juana de Guardo, de Micaela de Luján y los que iban llegando de Marta de Nevares. Eran la casa y su vida cotidiana una concreción de pasiones, azares, murmuraciones, pequeñas alegrías... También su teatro va adquiriendo, dentro de la reiterada exposición de los argumentos y la repetida solución de todos ellos, una limpidez, una transparencia captadora, de la que es buen testimonio *El mejor alcalde, el rey*. Cualquiera de las dos comedias que nos ocupan son excelentes ejemplos de la visión dramáticosocial del teatro clásico lopesco y de los recursos de un escritor que, a vueltas con la vida misma, supo crear eso que hoy llamamos un teatro nacional y elevarle a cimas de inigualable grandeza. Desaparecida la estructura social que sostiene la comedia clásica española, aún sus héroes renacen en inéditas dimensiones y resuelven sus avatares en belleza, en afirmación de vida. No hace muchos años, Albert Camus, el extraordinario escritor francés, al traducir *El caballero de Olmedo*, llamaba la atención, con nobles y eficaces palabras, sobre lo mucho que aún Lope y su obra tienen que decir a la vida europea[8].

*

---

grafía de Lope de Vega es extraordinariamente compleja, dada la abundancia de títulos y el área gigantesca de los intereses suscitados por la obra del Fénix.

[7] En la primavera de 1617, en una carta dirigida al duque de Sessa dice: «Yo estoy perdido, si en mi vida lo estuve, por alma y cuerpo de mujer, y Dios sabe con qué sentimiento mío, porque no sé cómo ha de ser ni durar esto, ni vivir sin gozarlo.»

Para todo lo relativo a la azacaneada vida de Lope de Vega, véase A. ZAMORA VICENTE, *Lope de Vega, su vida, su obra*, Madrid, Gredos, 1968.

[8] «En nuestra Europa en ruinas, Lope de Vega y el teatro español pueden aportar hoy su inextinguible luz, su insólita juventud, pueden ayudarnos a reencontrar sobre nuestra escena el espíritu de grandeza, para servir finalmente

Alfonso VII *el emperador,* rey de Castilla y León, posible fuente del argumento de «El mejor alcalde, el rey». Miniatura románica del tumbo. A. Catedral de Santiago

Foto Archivo Espasa-Calpe

Para *El mejor alcalde, el rey*, ya desde los estudios iniciales de Menéndez Pelayo se viene acusando la existencia en la *Crónica General* de una posible fuente⁹. En efecto, allí se cuenta la intervención de Alfonso VII en un acto de justicia, a favor de un labriego al que un infanzón gallego quita la heredad. El infanzón desacata la orden real de restitución de lo robado y se burla del labriego y de la orden. Ante la reiterada petición de justicia hecha por el labrador al rey, éste, personalmente, y acompañado de dos solos cortesanos, se fue a Galicia, sin dejar de caminar ni de día ni de noche. Una vez hechas las informaciones de manera análoga a cómo se hacen en la comedia, el rey hizo ahorcar al infanzón en su propia puerta y devolvió al despojado su hacienda y los esquilmos de ella¹⁰. Es verdad que ha sido un acierto sustituir las tierras por el honor y la belleza de Elvira, el honor familiar («Los casos de la honra son mejores / porque mueven con fuerza a toda gente», dice Lope en el *Arte nuevo*), y recurrir, además, a la solución de la viudez forzosa, recurso muy frecuente en relatos poéticos, leyendas, historias renacentistas, etc. Esta solución, que aumenta indudablemente la tensión dramática, ha sido frecuente en textos de los siglos XV y XVI, y aparece en obras capitales del XVII (*El Alcalde de Zalamea, La niña de Gómez Arias*).

Fuente Ovejuna, en cambio, sigue con bastante fidelidad en cuanto al fundamento histórico se refiere, la *Crónica de las tres Órdenes de Santiago, Alcántara y Calatrava*, de fray Francisco de Rades y Andrada, impresa en Toledo en 1572. Ahí se cuenta por menudo el suceso del comendador Fernán Gómez y su alborotada villa. La *Crónica* de Rades insiste en los numerosos agravios que el comendador había hecho a sus villanos (robarles la hacienda, las cosechas, las mujeres...). Todo llevó a una noche de abril de 1476, en que los

---

al verdadero porvenir de nuestro teatro.» (ALBERT CAMUS, *Théâtre, récits, nouvelles*, vol. I, Bibliothèque de la Pléiade, 1967, pág. 718.)

⁹ Cosa que, por otra parte, el mismo Lope decía paladinamente al final de la comedia:

> Historia
> que afirma por verdadera
> la Corónica de España:
> la cuarta parte la cuenta.

¹⁰ Véase *Primera Crónica General de España*, edic. MENÉNDEZ PIDAL, Madrid, 1906, pág. 659. Lope debió conocer el suceso a través de la edición de FLAVIÁN DE OCAMPO, Zamora, 1604.

villanos, clamando por los reyes y su amparo, dieron muerte
al comendador. El juez enviado especialmente por Fernando
e Isabel no logró, como en la comedia se dice y magnifica,
sacar nada en limpio de los interrogados y torturados: tan
sólo la respuesta unánime y acordada: «Fuenteovejuna lo
hizo...» «Todos los vecinos de esta villa...» La misma *Crónica*
llama la atención sobre la férrea unidad de la respuesta en
niños, mujeres, ancianos. A todo esto, conviene añadir que
la *Crónica* señala que el gran maestre de la Orden de Calatrava (y naturalmente, el comendador) había estado de parte
de la Beltraneja y combatido por su bando a los Reyes Cató-
licos, de lo que es buena muestra la conquista de Ciudad
Real, hecho que también forma parte de la comedia, y que,
en su narración, sigue muy de cerca a la referida *Crónica*.
El hecho, dentro de su aire de acción secundaria, sirve para
aumentar la razón regia al luchar o fallar contra un rebelde.
(El maestre se pasó al bando real, tal y como la comedia
dice, y murió en las campañas de reconquistas andaluzas.)
Sin embargo, y a pesar de la indiscutible dependencia de la
comedia respecto a la *Crónica* de Rades, creo que Lope de
Vega llegó al texto erudito a través de sus fuentes populares.
El *Diccionario* de Covarrubias (1611) ya explica el *proverbio*
«Fuente Ovejuna lo hizo». (También es recogido en el *Vo-
cabulario de refranes y frases proverbiales de Gonzalo Correas*,
de 1627 y, publicado ya en nuestros días: «¿Quién mató al
Comendador? —Fuente Ovejuna, señor».) Estas citas nos están
demostrando la existencia de una *tradición oral* ya anterior
a Lope. (Cosas así tardan en ser recogidas en los diccionarios.)
Y Lope tiene como gran fuente la tradición oral, la voz de
la calle. Esto le empujaría a buscar la información «seria»
en la *Crónica* del erudito licenciado Rades. Y una vez más
se nos cierra el círculo del popularismo: al oír el refrancillo
en la escena, el público que asistía a los corrales se sentía
vagamente halagado, personaje él también en aquel instante, y, a la vez, reconfortado, esperanzado en la justicia
real. Protección lejana, pero segura[11].

---

[11] Debe señalarse que las dos comedias tienen el tipo del *gracioso*, que, por
cierto, desempeña un papel importante en las dos. Pelayo en *El mejor alcalde,
el rey*; Mengo, en *Fuente Ovejuna*. Los dos responden muy bien a sus cualidades de antihéroe, pero los dos son absorbidos por el clima de seriedad y res-
ponsabilidad del drama. Pelayo, con su silencio. Mengo, con su contestación
acorde. Los dos personajes están sabiamente elaborados.

Reitero, para finalizar: las dos comedias que hoy salen nuevamente a la luz, llenan con justeza los supuestos estéticos y culturales de Lope de Vega, mantienen firme su papel de orientadoras de una colectividad ya desaparecida y, además, hieren derechamente la sensibilidad moderna, la seducen con su aliento poético, su voz tan entera. Pasemos la página y oigámoslas. Es Lope quien nos habla.

ALONSO ZAMORA VICENTE.

EL MEJOR ALCALDE, EL REY

PERSONAJES

SANCHO.	ELVIRA.	EL CONDE DON PEDRO.
DON TELLO.	FELICIANA.	ENRIQUE.
CELIO	JUANA.	BRITO.
JULIO.	LEONOR.	FILENO.
NUÑO.	EL REY LEÓN.	PELAYO.

Sale SANCHO

SANCHO.
Nobles campos de Galicia,
que a sombras destas montañas,
que el Sil entre verdes cañas
llevar la falda codicia,
dais sustento a la milicia,
de flores de mil colores;
aves que cantáis amores,
fieras que andáis sin gobierno,
¿habéis visto amor más tierno
en aves, fieras y flores?
    Mas como no podéis ver
otra cosa, en cuanto mira
el sol, más bella que Elvira,
ni otra cosa puede haber;
porque habiendo de nacer
de su hermosura, en rigor,
mi amor, que de su favor
tan alta gloria procura,
no habiendo más hermosura,
no puede haber más amor.
    Ojalá, dulce señora,
que tu hermosura pudiera
crecer, porque en mí creciera
el amor que tengo agora.
Pero, hermosa labradora,
si en ti no puede crecer
la hermosura, ni el querer
en mí, cuanto eres hermosa
te quiero, porque no hay cosa
que más pueda encarecer.

        Ayer las blancas arenas
deste arroyuelo volviste
perlas, cuando en él pusiste
tus pies, tus dos azucenas;
y porque verlos apenas
pude, porque nunca pára,
le dije al sol de tu cara,
con que tanta luz le das,
que mirase el agua más,
porque se viese más clara.
        Lavaste, Elvira, unos paños,
que nunca blancos volvías;
que las manos que ponías
causaban estos engaños.
Yo, detrás destos castaños
te miraba, con temor,
y vi que amor por favor,
te daba a lavar su venda:
el cielo el mundo defienda,
que anda sin venda el amor.
        ¡Ay Dios!, ¡cuándo será el día!
(que me tengo de morir)
que te pueda yo decir:
¡Elvira, toda eres mía!
¡Qué regalos te daría!
Porque yo no soy tan necio,
que no te tuviese precio
siempre con más afición;
que en tan rica posesión
no puede caber desprecio.

                    Sale ELVIRA

ELVIRA.   Por aquí Sancho bajaba,
o me ha burlado el deseo.
A la fe que allí le veo,
que el alma me le mostraba.
El arroyuelo miraba
adonde ayer me miró:
¿si piensa que allí quedó
alguna sombra de mí?
Que me enojé cuando vi

que entre las aguas me vio.
¿Qüé buscas por los cristales
destos libres arroyuelos,
Sancho, que guarden los cielos,
cada vez que al campo sales?
¿Has hallado unos corales
que en esta margen perdí?

SANCHO.   Hallarme quisiera a mí,
que me perdí desde ayer;
pero ya me vengo a ver,
pues me vengo a hallar en ti.

ELVIRA.   Pienso que a ayudarme vienes
a ver si los puedo hallar.

SANCHO.   ¡Bueno es venir a buscar
lo que en las mejillas tienes!
¿Son achaques o desdenes?
¡Albricias, ya los hallé!

ELVIRA.   ¿Dónde?

SANCHO.   En tu boca, a la he[1],
y con extremos de plata.

ELVIRA.   Desvíate.

SANCHO.   ¡Siempre ingrata
a la lealtad de mi fe!

ELVIRA.   Sancho, estás muy atrevido.
Dime tú: ¿qué más hicieras
si por ventura estuvieras
en vísperas de marido?

SANCHO.   Eso, ¿cúya culpa ha sido?

ELVIRA.   Tuya, a la fe.

SANCHO.   ¿Mía? No.
el alma y no respondiste.

ELVIRA.   ¿Qué más respuesta quisiste
que no responderte yo?

SANCHO.   Los dos culpados estamos.

ELVIRA.   Sancho, pues tan cuerdo eres,
advierte que las mujeres
hablamos cuando callamos,
concedemos si negamos;
por esto, y por lo que ves,
nunca crédito nos des,

---

[1] A la fe.

	ni crueles ni amorosas;
	porque todas nuestras cosas
	se han de entender al revés.
SANCHO.	Según eso, das licencia
	que a Nuño te pida aquí.
	¿Callas? Luego dices sí.
	Basta: ya entiendo la ciencia.
ELVIRA.	Sí; pero ten advertencia
	que no digas que yo quiero.
SANCHO.	Él viene.
ELVIRA.	El suceso espero
	detrás de aquel olmo.
SANCHO.	¡Ay Dios,
	si nos juntase a los dos,
	porque si no, yo me muero!

Escóndese ELVIRA, *y salen* NUÑO *y* PELAYO

NUÑO.	Tú sirves de tal manera,
	que será mejor buscar,
	Pelayo, quien sepa andar
	más despierto en la ribera.
	¿Tienes algún descontento
	en mi casa?
PELAYO.	Dios lo sabe.
NUÑO.	Pues hoy tu servicio acabe,
	que el servir no es casamiento.
PELAYO.	Antes lo debe de ser.
NUÑO.	Los puercos traes perdidos.
PELAYO.	Donde lo están los sentidos,
	¿qué otra cosa puede haber?
	Escúchame: yo quisiera
	emparentarme ...
NUÑO.	Prosigue
	de suerte que no me obligue
	tu ignorancia...
PELAYO.	Un poco espera,
	que no es fácil de decir.
NUÑO.	De esa manera, de hacer
	será difícil.
PELAYO.	Ayer
	me dijo Elvira al salir:

                    «A fe, Pelayo, que están
                    gordos los puercos.»
NUÑO.   Pues bien;
                    ¿qué la respondiste?
PELAYO.   Amén,
                    como dice el sacristán.
NUÑO.   Pues ¿qué se saca de ahí?
PELAYO.   ¿No lo entiendes?
NUÑO.   ¿Cómo puedo?
PELAYO.   Estó por perder el miedo.
SANCHO.   ¡Oh, si se fuese de aquí!
PELAYO.   ¿No ves que es requiebro, y muestra
                    querer casarse conmigo?
NUÑO.   ¡Vive Dios!...
PELAYO.   No te lo digo,
                    ya que fue ventura nuestra,
                    para que tomes collera.
NUÑO.   Sancho, ¿tú estabas aquí?
SANCHO.   Y quisiera hablarte.
NUÑO.   Di.
                    Pelayo, un instante espera.
SANCHO.   Nuño, mis padres fueron como sabes,
                    y supuesto que pobres labradores,
                    de honrado estilo y de costumbres graves.
PELAYO.   Sancho, vos que sabéis cosas de amores,
                    decir una mujer hermosa y rica
                    a un hombre que es galán como unas frores:
                        «Gordos están los puercos», ¿no inifica
                    que se quiere casar con aquel hombre?
SANCHO.   ¡Bien el requiebro al casamiento aplica!
NUÑO.   ¡Bestia, vete de aquí!
SANCHO.   Pues ya su nombre
                    supiste y su nobleza, no presumo
                    que tan honesto amor la tuya asombre:
                        por Elvira me abraso y me consumo.
PELAYO.   Hay hombre que el ganado trai tan franco
                    que parece tasajo puesto al humo;
                        yo, cuando al campo los cochinos saco...
NUÑO.   ¿Aquí te estás, villano? ¡Vive el cielo!...
PELAYO.   ¿Habro de Elvira yo, son del varraco?
SANCHO.   Sabido, pues, señor, mi justo celo...
PELAYO.   Sabido, pues, señor, que me resquiebra...

NUÑO.	¿Tiene mayor salvaje el indio suelo?
SANCHO.	El matrimonio de los dos celebra.
PELAYO.	Cochino traigo yo por esa orilla...
NUÑO.	Ya la cabeza el bárbaro me quiebra.
PELAYO.	Que puede ser maeso de capilla,

si bien tiene la voz desentonada,
y más cuanto entra y sale de la villa.

NUÑO.　　　¿Quiérelo Elvira?

SANCHO.　　　　　　　　De mi amor pagada,
me dio licencia para hablarte ahora.

NUÑO. Ella será dichosamente honrada,
　　pues sabe las virtudes que atesora,
Sancho, tu gran valor, y que pudiera
llegar a merecer cualquier señora.

PELAYO.　　Con cuatro o seis cochinos que tuviera,
que éstos parieran otros, en seis años
pudiera yo labrar una cochera.

NUÑO.　　Tú sirves a don Tello en sus rebaños,
el señor desta tierra, y poderoso
en Galicia y en reinos más extraños.

　　Decirle tu intención será forzoso,
así porque eres, Sancho, su criado,
como por ser tan rico y dadivoso.

　　Daráte alguna parte del ganado;
porque es tan poco el dote de mi Elvira,
que has menester estar enamorado.

　　Esa casilla mal labrada mira
en medio de esos campos, cuyos techos
el humo tiñe porque no respira.

Están lejos de aquí cuatro barbechos,
　　diez o doce castaños: todo es nada,
si el señor desta tierra no te ayuda
con un vestido o con alguna espada.

SANCHO.　　Pésame que mi amor pongas en duda.

PELAYO. Voto al sol que se casa con Elvira.
Aquí la dejo yo: mi amor se muda.

SANCHO.　　¿Qué mayor interés que al que suspira
por su belleza, darle su belleza,
milagro celestial que al mundo admira?

　　No es tanta de mi ingenio la rudeza,
que más que la virtud me mueva el dote.

NUÑO. Hablar con tus señores no es bajeza,

	ni el pedirles que te honren te alborote; que él y su hermana pueden fácilmente, sin que esto, Sancho, a más que amor se note.
SANCHO.	Yo voy de mala gana; finalmente, iré; pues tú lo mandas.
NUÑO.	Pues el cielo, Sancho, tu vida y sucesión aumente. Ven, Pelayo, conmigo.
PELAYO.	Pues, ¿tan presto le diste a Elvira, estando yo delante?
NUÑO.	¿No es Sancho mozo noble y bien nacido?
PELAYO.	No le tiene el aldea semejante, si va decir verdad; pero, en efeto, fuera en tu casa yo más importante, porque te diera cada mes un nieto.

Vanse NUÑO *y* PELAYO

| SANCHO. | Sal, hermosa prenda mía;
sal, Elvira de mis ojos. |

Sale ELVIRA

ELVIRA.	¡Ay Dios!, ¡con cuántos enojos teme amor y desconfía! Que la esperanza prendada, presa de un cabello está.
SANCHO.	Tu padre dice que ya tiene la palabra dada a un criado de don Tello: ¡mira qué extrañas mudanzas!

ELVIRA.	No en balde mis esperanzas
	colgaba amor de un cabello.
	   ¿Que mi padre me ha casado,
	Sancho, con hombre escudero?
	Hoy pierdo la vida, hoy muero.
	Vivid, mi dulce cuidado,
	   que yo me daré la muerte.

SANCHO.	Paso, que me burlo, Elvira. El alma en los ojos mira; dellos la verdad advierte; que, sin admitir espacio, dijo mil veces que sí.

ELVIRA.   Sancho, no lloro por ti
                 sino por ir a palacio;
                     que el criarme en la llaneza
                 desta humilde casería,
                 era cosa que podía
                 causarme mayor tristeza.
                     Y que es causa justa advierte.
SANCHO.   ¡Qué necio amor me ha engañado!
                 Vivid, mi necio cuidado,
                 que yo me daré la muerte.
                     Engaños fueron de Elvira,
                 en cuya nieve me abraso.
ELVIRA.   Sancho, que me burlo, paso.
                 El alma en los ojos mira;
                     que amor y sus esperanzas
                 me han dado aquesta lición:
                 su propia definición
                 es que amor todo es venganzas.
SANCHO.   Luego, ¿ya soy tu marido?
ELVIRA.   ¿No dices que está tratado?
SANCHO.   Tu padre, Elvira, me ha dado
                 consejo, aunque no le pido:
                     que a don Tello, mi señor
                 y señor de aquesta tierra
                 poderoso en paz y en guerra,
                 quiere que pida favor.
                     Y aunque yo contigo, Elvira,
                 tengo toda la riqueza
                 del mundo (que en tu belleza
                 el sol las dos Indias mira),
                     dice Nuño que es razón,
                 por ser mi dueño; en efeto,
                 es viejo y hombre discreto
                 y que merece opinión
                     por ser tu padre también.
                 Mis ojos, a hablarle voy.
ELVIRA.   Y yo esperándote estoy.
SANCHO.   Plega al cielo que me den
                     él y su hermana mil cosas.
ELVIRA.   Basta darle cuenta desto.
SANCHO.   La vida y el alma he puesto
                 en esas manos hermosas.

	Dadme siquiera la una.
ELVIRA.	Tuya ha de ser: vesla aquí.
SANCHO.	¿Qué puede hacer contra mí
	si la tengo, la fortuna?
	Tú verás mi sentimiento
	después de tanto favor;
	que me ha enseñado el amor
	a tener entendimiento.

Vanse, y salen DON TELLO, *de caza; y* CELIO *y* JULIO, *criados*

D. TELLO.	Tomad el venado allá.
CELIO.	¡Qué bien te has entretenido!
JULIO.	Famosa la caza ha sido.
D. TELLO.	Tan alegre el campo está
	que sólo ver sus colores
	es fiesta.
CELIO.	¡Con qué desvelos
	procuran los arroyuelos
	besar los pies a las flores!
D. TELLO.	Da de comer a esos perros,
	Celio, así te ayude Dios.
CELIO.	Bien escalaron los dos
	las puntas de aquellos cerros.
JULIO.	Son famosos.
CELIO.	Florisel
	es deste campo la flor.
D. TELLO.	No lo hace mal Canamor.
JULIO.	Es un famoso lebrel.
CELIO.	Ya mi señora y tu hermana
	te han sentido.

Sale FELICIANA

D. TELLO.	¡Qué cuidados
	de amor, y qué bien pagados
	de mis ojos, Feliciana!
	¡Tantos desvelos por vos!
FELICIANA.	Yo lo soy de tal manera,
	mi señor, cuando estáis fuera,
	por vos, como sabe Dios.
	No hay cosa que no me enoje;

                              el sueño, el descanso dejo;
                              no hay liebre, no hay vil conejo
                              que fiera no se me antoje.

D. TELLO.   En los montes de Galicia,
                              hermana, no suele haber
                              fieras, puesto que el tener
                              poca edad, fieras codicia.
                                  Salir puede un jabalí,
                              de entre esos montes espesos,
                              cuyos dichosos sucesos
                              tal vez celebrar les vi.
                                  Fieras son, que junto al anca
                              del caballo más valiente,
                              al sabueso con el diente
                              suelen abrir la carlanca.
                                  Y tan mal la furia aplacan,
                              que, para decirlo en suma,
                              truecan la caliente espuma
                              en la sangre que le secan.
                                  También el oso, que en pie
                              acomete al cazador
                              con tan extraño furor,
                              que muchas veces se ve
                                  dan con el hombre en el suelo.
                              Pero la caza ordinaria
                              es humilde cuanto varía,
                              para no tentar al cielo;
                                  es digna de caballeros
                              y príncipes, porque encierra
                              los preceptos de la guerra,
                              y ejercita los aceros,
                                  y la persona habilita.

FELICIANA.   Como yo os viera casado.
                              no me diera ese cuidado,
                              que tantos sueños me quita.

D. TELLO.   El ser aquí poderoso
                              no me da tan cerca igual.

FELICIANA.   No os estaba aquí tan mal
                              de algún señor generoso
                                  la hija.

D. TELLO.   Pienso que quieres
                              reprehender no haber pensado

	en casarte, que es cuidado
	que nace con las mujeres.
FELICIANA.	Engáñaste, por tu vida;
	que sólo tu bien deseo.

Salen SANCHO *y* PELAYO

PELAYO.   Entra, que solos los veo;
no hay persona que lo impida.

SANCHO.   Bien dices: de casa son
los que con ellos están.

PELAYO.   Tú verás lo que te dan.

SANCHO.   Yo cumplo mi obligación.
Noble, ilustrísimo Tello,
y tú, hermosa Feliciana,
señores de aquesta tierra
que os ama por tantas causas,
dad vuestros pies generosos
a Sancho, Sancho el que guarda
vuestros ganados y huerta,
oficio humilde en tal casa.
Pero en Galicia, señores,
es la gente tan hidalga,
que sólo en servir, al rico
el que es pobre no le iguala.
Pobre soy, y en este oficio
que os he dicho, cosa es clara
que no me conoceréis,
porque los criados pasan
de ciento y treinta personas
que vuestra ración aguardan
y vuestro salario esperan;
pero tal vez en la caza
presuma que me habréis visto.

D. TELLO.   Sí he visto, y siempre me agrada
vuestra persona, y os quiero
bien.

SANCHO.   Aquí, por merced tanta,
os beso los pies mil veces.

D. TELLO.   ¿Qué quieres?

SANCHO.   Gran señor, pasan
los años con tanta furia,

que parece que con cartas
van por la posta a la muerte
y que una breve posada
tiene la vida a la noche,
y la muerte a la mañana.
Vivo solo; fue mi padre
hombre de bien, que pasaba
sin servir; acaba en mí
la sucesión de mi casa.
He tratado de casarme
con una doncella honrada,
hija de Nuño de Aibar,
hombre que sus campos labra,
pero que aún tiene paveses
en las ya borradas armas
de su portal, y con ellas,
de aquel tiempo, algunas lanzas.
Esto y la virtud de Elvira
(que así la novia se llama)
me han obligado: ella quiere,
su padre también se agrada;
mas no sin licencia vuestra,
que me dijo esta mañana
que el señor ha de saber
cuanto se hace y cuanto pasa
desde el vasallo más vil
a la persona más alta
que de su salario vive,
y que los reyes se engañan
si no reparan en esto,
que pocas veces reparan.
Yo, señor, tomé el consejo,
y vengo, como él lo manda,
a deciros que me caso.

D. TELLO.   Nuño es discreto y no basta
razón a tan buen consejo.—
Celio...

CELIO.   Señor...
D. TELLO.   Veinte vacas
y cien ovejas darás
a Sancho, a quien yo y mi hermana
habemos de honrar la boda.

SANCHO.	¡Tanta merced!
PELAYO.	¡Merced tanta!
SANCHO.	¡Tan grande bien!
PELAYO.	¡Bien tan grande!
SANCHO.	¡Rara virtud!
PELAYO.	¡Virtud rara!
SANCHO.	¡Alto valor!
PELAYO.	¡Valor alto!
SANCHO.	¡Santa piedad!
PELAYO.	¡Piedad santa!

D. TELLO.
¿Quién es este labrador
que os responde y acompaña?

PELAYO.
Soy el que dice al revés
todas las cosas que habra.

SANCHO.
Señor, de Nuño es criado.

PELAYO.
Señor, en una palabra
el pródigo soy de Nuño.

D. TELLO.
¿Quién?

PELAYO.
El que sus puercos guarda.
Vengo también a pediros
mercedes.

D. TELLO.
¿Con quién te casas?

PELAYO.
Señor, no me caso ahora;
mas, por si el diabro me engaña,
os vengo a pedir carneros,
para si después me faltan.
Que un astrólogo me dijo
una vez en Masalanca
que tenía peligro en toros,
y en agua tanta desgracia,
que desde entonces no quiero
casarme ni beber agua,
por escusar el peligro.

FELICIANA.
Buen labrador.

D. TELLO.
Humor gasta.

FELICIANA.
Id, Sancho, en buena hora. Y tú
haz que a su cortijo vayan
las vacas y las ovejas.

SANCHO.
Mi corta lengua no alaba
tu grandeza.

D. TELLO.
¿Cuándo quieres
desposarte?

SANCHO.	Amor me manda
	que sea esta misma noche.
D. TELLO.	Pues ya los rayos desmaya
	el sol, y entre nubes de oro
	veloz el poniente baja,
	vete a prevenir la boda,
	que allá iremos yo y mi hermana.
	¡Hola!, pongan la carroza.
SANCHO.	Obligada llevo el alma
	y la lengua, gran señor,
	para tu eterna alabanza.

Vase

FELICIANA.	En fin, vos ¿no os casaréis?
PELAYO.	Yo, señora, me casaba
	con la novia deste mozo
	que es una limpia zagala,
	si la hay en toda Galicia;
	supo que puercos guardaba,
	y desechóme por puerco.
FELICIANA.	Ir con Dios, que no se engaña.
PELAYO.	Todos guardamos, señora,
	lo que...
FELICIANA.	¿Qué?
PELAYO.	Lo que nos mandan
	nuestros padres que guardemos.

Vase

FELICIANA.	El mentecato me agrada.
CELIO.	Ya que es ido el labrador,
	que no es necio en lo que había,
	prometo a vueseñoría,
	que es la moza más gallarda
	que hay en toda Galicia,
	y que por su talle y cara,
	discreción y honestidad
	y otras infinitas gracias,
	pudiera honrar el hidalgo
	más noble de toda España.
FELICIANA.	¿Que es tan hermosa?

CELIO.	Es un ángel.
D. TELLO.	Bien se ve, Celio, que hablas
	con pasión.
CELIO.	Alguna tuve,
	mas cierto que no me engaña.
D. TELLO.	Hay algunas labradoras
	que, sin afeites ni galas,
	suelen llevarse los ojos,
	y a vuelta dellos el alma:
	pero son tan desdeñosas,
	que sus melindres me cansan.
FELICIANA.	Antes, las que se defienden
	suelen ser más estimadas.

Vanse, y salen NUÑO *y* SANCHO

NUÑO.	¿Eso don Tello responde?
SANCHO.	Esto responde, señor.
NUÑO.	Por cierto que a su valor
	dignamente corresponde.
SANCHO.	Mandóme dar el ganado
	que os digo.
NUÑO.	Mil años viva.
SANCHO.	Y aunque es dádiva excesiva,
	más estimo haberme honrado
	con venir a ser padrino.
NUÑO.	¿Y vendrá también su hermana?
SANCHO.	También.
NUÑO.	Condición tan llana,
	del cielo a los hombres vino.
SANCHO.	Son señores generosos.
NUÑO.	¡Oh!, si aquesta casa fuera,
	pues los huéspedes espera
	más ricos y poderosos
	deste reino, un gran palacio...
SANCHO.	Ésa no es dificultad:
	cabrán en la voluntad,
	que tiene infinito espacio.
	Ellos vienen, en efeto.
NUÑO.	¡Qué buen consejo te di!
SANCHO.	Cierto que en don Tello vi
	un señor todo perfeto.

Porque, en quitándole el dar,
con que a Dios es parecido,
no es señor; que haberlo sido
se muestra en dar y en honrar.

Y pues Dios su gran valor
quiere que dando se entienda,
sin dar ni honrar no pretenda
ningún señor ser señor.

NUÑO. ¡Cien ovejas! ¡Veinte vacas!
Será una hacienda gentil,
si por los prados del Sil
la primavera los sacas.

Páguele Dios a don Tello
tanto bien, tanto favor.

SANCHO. ¿Dónde está Elvira, señor!

NUÑO. Ocuparála el cabello
o algún tocado de boda.

SANCHO. Como ella traiga su cara,
rizos y gala excusara,
que es de rayos del sol toda.

NUÑO. No tienes amor villano.

SANCHO. Con ella tendré, señor,
firmezas de labrador
y amores de cortesano.

NUÑO. No puede amar altamente
quien no tiene entendimiento,
porque está su sentimiento
en que sienta lo que siente.

Huélgome de verte así.
Llama esos mozos, que quiero
que entienda este caballero
que soy algo o que lo fui.

SANCHO. Pienso que mis dos señores
vienen, y vendrán con ellos.
Deje Elvira los cabellos,
y reciba sus favores.

Salen DON TELLO *y criados;* JUANA, LEONOR *y villanos*

D. TELLO. ¿Dónde fue mi hermana?
JUANA.   Entró
por la novia.

SANCHO.   Señor mío.
D. TELLO.   Sancho.
SANCHO.   Fuera desvarío
querer daros gracia yo,
    con mi rudo entendimiento,
desta merced.
D. TELLO.   ¿Dónde está
vuestro suegro?
NUÑO.   Donde ya
tendrán sus años aumento
    con este inmenso favor.
D. TELLO.   Dadme los brazos.
NUÑO.   Quisiera
que esta casa un mundo fuera,
y vos del mundo señor.
D. TELLO.   ¿Cómo os llamáis vos, serrana?
PELAYO.   Pelayo, señor.
D. TELLO.   No digo
a vos.
PELAYO.   ¿No habraba conmigo?
JUANA.   A vuestro servicio, Juana.
D. TELLO.   Buena gracia.
PELAYO.   Aún no lo sabe
bien; que con un cucharón,
si la pecilga un garzón,
le suele pegar un cabe,
    que le aturde los sentidos;
que una vez, porque llegué
a la olla, los saqué
por dos meses atordidos.
D. TELLO.   ¿Y vos?
PELAYO.   Pelayo, señor.
D. TELLO.   No hablo con vos.
PELAYO.   Yo pensaba,
señor, que conmigo habraba.
D. TELLO.   ¿Cómo os llamáis?
PELAYO.   Yo, Leonor.
PELAYO.   ¡Cómo pescuda por ellas,
y por los zagales no!
Pelayo, señor, soy yo.
D. TELLO.   ¿Sois algo de alguna dellas?
PELAYO.   Sí, señor, el porquerizo.

D. TELLO.	Marido, digo, o hermano.
NUÑO.	¡Qué necio estás!
SANCHO.	¡Qué villano!
PELAYO.	Así mi madre me hizo.
SANCHO.	La novia y madrina vienen.

Salen FELICIANA *y* ELVIRA

FELICIANA.	Hermano, hacedles favores,
	y dichosos los señores
	que tales vasallos tienen.
D. TELLO.	Por Dios que tenéis razón.
	¡Hermosa moza!
FELICIANA.	Y gallarda.
ELVIRA.	La vergüenza me acobarda,
	como primera ocasión.
	Nunca vi vuestra grandeza.
NUÑO.	Siéntense sus señorías:
	las sillas son como mías.
D. TELLO.	No he visto mayor belleza.
	¡Qué divina perfección!
	Corta ha sido su alabanza.
	¡Dichosa aquella esperanza
	que espera tal posesión!
FELICIANA.	Dad licencia que se siente
	Sancho.
D. TELLO.	Sentaos.
SANCHO.	No, señor.
D. TELLO.	Sentaos.
SANCHO.	Yo tanto favor,
	y mi señora presente.
FELICIANA.	Junto a la novia os sentad;
	no hay quien el puesto os impida.
D. TELLO.	No esperé ver en mi vida
	tan peregrina beldad.
PELAYO.	Y yo, ¿adónde he de sentarme?
NUÑO.	Allá en la caballeriza
	tú la fiesta solemniza.
D. TELLO.	¡Por Dios que siento abrasarme!
	¿Cómo la novia se llama?
PELAYO.	Pelayo, señor.
NUÑO.	¿No quieres

	callar? Habla a las mujeres,

       callar? Habla a las mujeres,
       y cuéntaste tú por dama.
       Elvira es, señor, su nombre.

D. TELLO.   Por Dios que es hermosa Elvira,
       y digna, aunque serlo admira,
       de novio tan gentilhombre.

NUÑO.   Zagalas, regocijad
       la boda.

D. TELLO.   ¡Rara hermosura!

NUÑO.   En tanto que viene el cura
       a vuestra usanza bailad.

JUANA.   El cura ha venido ya.

D. TELLO.   Pues decid que no entre el cura.—
       Que tan divina hermosura
       robándome el alma está.

SANCHO.   ¿Por qué, señor?

D. TELLO.   Porque quiero,
       después que os he conocido,
       honraos más.

SANCHO.   Yo no pido
       más honras, ni las espero,
       que casarme con mi Elvira.

D. TELLO.   Mañana será mejor.

SANCHO.   No me dilates, señor,
       tanto bien; mis ansias mira,
       y que desde aquí a mañana
       puede un pequeño accidente
       quitarme el bien que presente
       la posesión tiene llana.
       Si sabios dicen verdades,
       bien dijo aquel que decía
       que era el sol el que traía
       al mundo las novedades.
       ¿Qué sé yo lo que traerá
       del otro mundo mañana?

D. TELLO.   ¡Qué condición tan villana!
       ¡Qué puesto en su gusto está!
       Quiérole honrar y hacer fiesta,
       y el muy necio, hermana mía,
       en tu presencia porfía
       con voluntad poca honesta.—
       Llévala, Nuño, y descansa

	esta noche.
NUÑO.	Haré tu gusto.

Vanse DON TELLO, FELICIANA *y* CELIO

	Esto no parece justo.
	¿De qué don Tello se cansa?
ELVIRA.	Yo no quiero responder
	por no mostrar liviandad.
NUÑO.	No entiendo su voluntad
	ni lo pretende hacer:
	es señor. Ya me ha pesado
	de que haya venido aquí.

Vase

SANCHO.	Harto más me pesa a mí,
	aunque lo he disimulado.
PELAYO.	¿No hay boda esta noche?
JUANA.	No.
PELAYO.	¿Por qué?
JUANA.	No quiere don Tello.
PELAYO.	Pues don Tello, ¿puede hacello?
JULIO.	Claro está, pues lo mandó.

Vase

PELAYO.	Pues ¡antes que entrase el cura
	nos ha puesto impedimento!
SANCHO.	Oye, Elvira.
ELVIRA.	¡Ay, Sancho!, siento
	que tengo poca ventura.
SANCHO.	¿Qué quiere el señor hacer,
	que a mañana lo difiere?
ELVIRA.	Yo no entiendo lo que quiere,
	pero debe de querer.
SANCHO.	¿Es posible que me quita
	esta noche?, ¡ay, bellos ojos!
	¡Tuviesen paz los enojos
	que airado me solicita!
ELVIRA.	Ya eres, Sancho, mi marido:
	ven esta noche a mi puerta.
SANCHO.	¿Tendrásla, mi bien, abierta?

ELVIRA.	Pues ¡no!
SANCHO.	Mi remedio ha sido;
	que si no, yo me matara.
ELVIRA.	También me matara yo.
SANCHO.	El cura llegó y no entró.
ELVIRA.	No quiso que el cura entrara.
SANCHO.	Pero si te persuades
	a abrirme será mejor;
	que no es mal cura el amor
	para sanar voluntades.

Vanse, y salen DON TELLO *y criados, con mascarillas*

D. TELLO.	Muy bien me habéis entendido.
CELIO.	Para entenderte, no creo
	que es menester, gran señor,
	muy sutil entendimiento.
D. TELLO.	Entrad, pues que estarán solos
	la hermosa Elvira y el viejo.
CELIO.	Toda la gente se fue
	con notable descontento
	de ver dilatar la boda.
D. TELLO.	Yo tomé, Celio, el consejo
	primero que amor me dio:
	que era infamia de mis celos
	dejar gozar a un villano
	la hermosura que deseo.
	Después que della me canse,
	podrá ese rústico necio
	casarse; que yo daré
	ganado, hacienda y dinero
	con que viva; que es arbitrio
	de muchos, como lo vemos
	en el mundo. Finalmente,
	yo soy poderoso, y quiero,
	pues este hombre no es casado,
	valerme de lo que puedo.
	Las máscaras os poned.
CELIO.	¿Llamaremos?
D. TELLO.	Sí.

Llaman, y sale ELVIRA *al paño*

CRIADO.	Ya abrieron.
ELVIRA.	Entra, Sancho de mi vida.
CELIO.	¿Elvira?
ELVIRA.	Sí.
CRIADO.	¡Buen encuentro!
ELVIRA.	¿No eres tú, Sancho? ¡Ay de mí!

¡Padre! ¡Señor! ¡Nuño! ¡Cielos!
¡Que me roban, que me llevan!

Llévanla

D. TELLO.   Caminad ya.

(Dentro)

NUÑO.   ¿Qué es aquesto?
ELVIRA.   ¡Padre!
D. TELLO.   Tápala esa boca.
NUÑO.   ¡Hija, ya te oigo y te veo!
Pero mis caducos años
y mi desmayado esfuerzo,
¿qué podrán contra la fuerza
de un poderoso mancebo,
que ya presumo quién es?

Vase

Salen SANCHO *y* PELAYO, *de noche*

SANCHO.   Voces parece que siento
en el valle hacia la casa
del señor.
PELAYO.   Habremos quedo:
no nos sientan los criados.
SANCHO.   Advierte que estando dentro
no te has de dormir.
PELAYO.   No haré,
que ya me conoce el sueño.
SANCHO.   Yo saldré cuando el alba
pida albricias al lucero;
mas no me las pida a mí,
si me ha de quitar mi cielo.
PELAYO.   ¿Sabes qué pareceré

	mientras está allá dentro?
	Mula de doctor, que está
	tascando a la puerta el freno.
SANCHO.	Llamemos.
PELAYO.	Apostaré
	que está por el agujero
	de la llave Elvira atenta.
SANCHO.	Llego, y llamo.

Sale NUÑO

NUÑO.	Pierdo el seso.
SANCHO.	¿Quién va?
NUÑO.	Un hombre.
SANCHO.	¿Es Nuño?
NUÑO.	¿Es Sancho?
SANCHO.	Pues ¡tú en la calle! ¿Qué es esto?
NUÑO.	¿Qué es esto, dices?
SANCHO.	Pues bien,
	¿qué ha sucedido?, que temo
	algún mal.
NUÑO.	Y aun el mayor;
	que alguno ya fuera menos.
SANCHO.	¿Cómo?
NUÑO.	Un escuadrón de armados
	aquestas puertas rompieron,
	y se han llevado...
SANCHO.	No más,
	que aquí dio fin mi deseo.
NUÑO.	Reconocer con la luna
	los quise, mas no me dieron
	lugar a que los mirase;
	porque luego se cubrieron
	con mascarillas las caras,
	y no pude conocerlos.
SANCHO.	¿Para qué, Nuño? ¿Qué importa?
	Criados son de don Tello,
	a quien me mandaste hablar;
	¡mal haya, amén, el consejo!
	En este valle haz diez casas,
	y todas diez de pecheros,
	que se juntan a esta ermita:

                    no ha de ser ninguno dellos.
                    Claro está que es el señor
                    que la ha llevado a su pueblo;
                    que el no me dejar casar
                    es el indicio más cierto.
                    Pues ¡es verdad que hallaré
                    justicia, fuera del cielo,
                    siendo un hombre poderoso,
                    y el más rico deste reino!
                    ¡Vive Dios que estoy por ir
                    a morir, que no sospecho
                    que a otra cosa!

NUÑO.   Espera, Sancho.
PELAYO.   Voto al soto, que si encuentro
                    sus cochinos en el prado,
                    que aunque haya guardas con ellos,
                    que los he de apedrear.
NUÑO.   Hijo, de tu entendimiento
                    procura valerte ahora.
SANCHO.   Padre y señor, ¿cómo puedo?
                    Tú me aconsejaste el daño,
                    aconséjame el remedio.
NUÑO.   Vamos a hablar al señor
                    mañana; que yo sospecho
                    que, como fue mocedad,
                    ya tendrá arrepentimiento.
                    Yo fío, Sancho, de Elvira
                    que no haya fuerzas ni ruegos
                    que la puedan conquistar.
SANCHO.   Yo lo conozco y lo creo.
                    ¡Ay, que me muero de amor!
                    ¡Ay, que me abraso de celos!
                    ¿A cuál hombre ha sucedido
                    tan lastimoso suceso?
                    ¡Que trujese yo a mi casa
                    el fiero león sangriento
                    que mi cándida cordera
                    me robara! ¿Estaba ciego?
                    Sí estaba; que no entran bien
                    poderosos caballeros
                    en las casas de los pobres
                    que tienen ricos empleos.

Paréceme que su rostro
lleno de aljófares veo
por las mejillas de grana,
su honestidad defendiendo;
paréceme que la escucho
—¡lastimoso pensamiento!—
Y que el tirano la dice
mal escuchados requiebros;
paréceme que a sus ojos
los descogidos cabellos
haciendo están celosías
para no ver sus deseos.
Déjame, Nuño, matar;
que todo el sentido pierdo.
¡Ay, que me muero de amor!
¡Ay, que me abraso de celos!

NUÑO.   Tú eres, Sancho, bien nacido:
¿qué es de tu valor?

SANCHO.   Recelo
cosas, que de imaginallas,
loco hasta el alma me vuelvo,
sin poderlas remediar.
Enséñame el aposento
de Elvira.

PELAYO.   Yo, mi señor,
la cocina, que me muero
de hambre; que no he cenado,
como enojados se fueron.

NUÑO.   Entra, y descansa hasta el día;
que no es bárbaro don Tello.

SANCHO.   ¡Ay, que me muero de amor,
y estoy rabiando de celos!

Salen Don Tello *y* Elvira

ELVIRA.　　　¿De qué sirve atormentarme,
Tello, con tanto rigor?
¿Tú no ves que tengo honor,
y que es cansarte y cansarme?

D. TELLO.　　Basta, que das en matarme
con ser tan áspera y dura.

ELVIRA.　　　Volverme, Tello, procura
a mi esposo.

D. TELLO.　　　　　No es tu esposo;
ni un villano, aunque dichoso,
digno de tanta hermosura.

　　Mas cuando yo Sancho fuera,
y él fuera yo, dime, Elvira,
¿cómo el rigor de tu ira
tratarme tan mal pudiera?
Tu crueldad, ¿no considera
que esto es amor?

ELVIRA.　　　　　　　No, señor;
que amor que pierde al honor
el respeto, es vil deseo,
y siendo apetito feo,
no puede llamarse amor.

　　Amor se funda en querer
lo que quiere quien desea;
que amor que casto no sea,
ni es amor ni puede ser.

D. TELLO.　　¿Cómo no?

ELVIRA.　　　　　　　¿Quiéreslo ver?
Anoche, Tello, me viste;

pues tan presto me quisiste,
que apenas consideraste
qué fue lo que deseaste:
que es en lo que amor consiste.
        Nace amor de un gran deseo;
luego va creciendo amor
por los pasos del favor
al fin de su mismo empleo;
y en ti, según lo que veo,
no es amor, sino querer
quitarme a mí todo el ser
que me dio el cielo en la honra.
Tú procuras mi deshonra,
y yo me he de defender.

D. TELLO.   Pues hallo en tu entendimiento,
como en tus brazos, defensa,
oye un argumento.

ELVIRA.   Piensa
que no ha de haber argumento
que venza mi firme intento.

D. TELLO.   ¿Dices que no puede ser
ver, desear y querer?

ELVIRA.   Es verdad.

D. TELLO.   Pues dime, ingrata,
¿cómo el basilisco mata
con sólo llegar a ver?

ELVIRA.   Ése es sólo un animal.

D. TELLO.   Pues ése fue tu hermosura.

ELVIRA.   Mal pruebas lo que procura
tu ingenio.

D. TELLO.   ¿Yo pruebo mal?

ELVIRA.   El basilisco mortal
mata teniendo intención
de matar; y es la razón
tan clara, que mal podía
matarte cuando te vía
para ponerte afición.
        Y no traigamos aquí
más argumentos, señor.
Soy mujer, y tengo amor:
nada has de alcanzar de mí.

D. TELLO.   ¿Puédese creer que así

responda una labradora?
Pero confiésame ahora
que eres necia en ser discreta,
pues viéndote tan perfeta,
cuanto más, más enamora.
   Y ¡ojalá fueras mi igual!
Mas bien ves que tu bajeza
afrentara mi nobleza,
y que pareciera mal
juntar brocado y sayal.
Sabe Dios si amor me esfuerza
que mi buen intento tuerza;
pero ya el mundo trazó
estas leyes, a quien yo
he de obedecer por fuerza.

Sale FELICIANA

FELICIANA.   Perdona, hermano, si soy
más piadosa que quisieras.
Espera, ¿de qué te alteras?
D. TELLO.   ¡Qué necia estás!
FELICIANA.   Necia estoy;
pero soy, Tello, mujer,
y es terrible tu porfía.
Deja que pase algún día;
que llegar, ver y vencer
   no se entiende con amor,
aunque César de amor seas.
D. TELLO.   ¿Es posible que tú seas
mi hermana?
FELICIANA.   ¡Tanto rigor
con una pobre aldeana!

Llaman

ELVIRA.   Señora, doleos de mí.
FELICIANA.   Tello, si hoy no dijo sí,
podrá decirlo mañana.
   Ten paciencia, que es crueldad
que los dos no descanséis.
Descansad, y volveréis
a la batalla.

D. TELLO.   ¿Es piedad
quitarme la vida a mí?

Llaman

FELICIANA.   Calla que estás enojado.
Elvira no te ha tratado,
tiene vergüenza de ti.
         Déjala estar unos días
contigo en conversación,
y conmigo, que es razón.
ELVIRA.   Puedan las lágrimas mías
         moveros, noble señora,
a interceder por mi honor.

Llaman

FELICIANA.   Sin esto, advierte, señor,
que debe de haber una hora
         que están llamando a la puerta
su viejo padre y su esposo,
y que es justo y aun forzoso
que la hallen los dos abierta;
         porque, si no entran aquí,
dirán que tienes a Elvira.
D. TELLO.   Todos me mueven a ira.
Elvira, escóndete ahí,
         y entren esos dos villanos.
ELVIRA.   ¡Gracias a Dios que me dejas
descansar!
D. TELLO.   ¿De qué te quejas,
si me has atado las manos?

Escóndese ELVIRA

FELICIANA.   ¡Hola!
CELIO.   (*Dentro.*)
                          Señora.
FELICIANA.   Llamad
esos pobres labradores.—
Trátalos bien, y no ignores
que importa a tu calidad.

Salen NUÑO *y* SANCHO

Nuño.   Besando el suelo de tu noble casa
                   (que de besar tus pies somos indinos),
                   venimos a decirte lo que pasa,
                   si bien con mal formados desatinos.
                   Sancho, señor, que con mi Elvira casa,
                   de quien los dos habíais de ser padrinos,
                   viene a quejarse del mayor agravio
                   que referirte puede humano labio.

Sancho.   Magnánimo señor, a quien las fuentes
                   humillan estos montes coronados
                   de nieve, que, bajando en puras fuentes,
                   besan tus pies en estos verdes prados;
                   por consejo de Nuño y sus parientes,
                   en tu valor divino confiados,
                   te vine a hablar y te pedí licencia,
                   y honraste mi humildad con tu presencia.

                   Haber estado en esta casa, creo
                   que obligue tu valor a la venganza
                   de caso tan atroz, enorme y feo,
                   que la nobleza de tu nombre alcanza.
                   Si alguna vez amor algún deseo
                   trujo la posesión a tu esperanza,
                   y al tiempo de gozarla la perdieras,
                   considera, señor, lo que sintieras,

                   Yo, sólo labrador en la campaña,
                   y en el gusto del alma caballero,
                   y no tan enseñado a la montaña
                   que alguna vez no juegue el limpio acero,
                   oyendo nueva tan feroz y extraña,
                   no fui, ni pude, labrador grosero;
                   sentí el honor con no haberle tocado,
                   que quien dijo que sí, ya era casado.

                   Salí a los campos, y a la luz que excede
                   a las estrellas, que miraba en vano,
                   a la luna veloz, que retrocede
                   las aguas y las crece al Océano,
                   «Dichosa, dije, tú que no te puede
                   quitar el sol ningún poder humano
                   con subir cada noche donde subes,
                   aunque vengan con máscaras las nubes.»
                   Luego, volviendo a los desiertos prados,

durmiendo con los álamos de Alcides
las yedras vi con lazos apretados,
y con los verdes pámpanos las vides.
«¡Ay!, dije, ¿cómo estáis tan descuidados?
Y tú, grosero, ¿cómo no divides,
villano labrador, estos amores,
cortando ramas y rompiendo flores?»
　　Todo duerme seguro. Finalmente,
me robaron a la mi prenda amada,
y allí me pareció que alguna fuente
lloró también, y murmuró turbada.
Llevaba yo, ¡cuán lejos de valiente!,
con rota vaina una mohosa espada,
llegué al árbol más alto, y a reveses
y tajos igualé sus blancas mieses.
　　No porque el árbol me robase a Elvira,
mas porque fue tan alto y arrogante,
que a los demás como a pequeños mira:
tal es la fuerza de un feroz gigante.
Dicen en el lugar (pero es mentira,
siendo quien eres tú) que, ciego amante
de mi mujer, autor del robo fuiste,
y que en tu misma casa la escondiste.
　　«¡Villanos!, dije yo, tened respeto:
don Tello, mi señor, es gloria y honra
de la casa de Neira, y en efeto
es mi padrino y quien mis bodas honra.»
Con esto, tú piadoso, tú discreto,
no sufrirás la tuya y mi deshonra;
antes harás volver, la espada en puño,
a Sancho su mujer, su hija a Nuño.

D. TELLO.　　Pésame gravemente, Sancho amigo,
de tal atrevimiento, y en mi tierra
no quedará el villano sin castigo
que la ha robado y en su casa encierra.
Solicita tú, y sabe qué enemigo,
con loco amor, con encubierta guerra
nos ofende a los dos con tal malicia,
que si se sabe, yo te haré justicia.
　　Y a los villanos que de mí murmuran
haré azotar por tal atrevimiento.
Idos con Dios.

SANCHO.	Mis celos se aventuran.
NUÑO.	Sancho, tente por Dios.
SANCHO.	Mi muerte intento.
D. TELLO.	Sabedme por allá los que procuran mi deshonor.
SANCHO.	¡Extraño pensamiento!
D. TELLO.	Yo no sé dónde está, porque, a sabello, os la diera, por vida de don Tello.

Sale ELVIRA, *y pónese en medio* DON TELLO

ELVIRA.	Sí sabe, esposo; que aquí me tiene Tello escondida.
SANCHO.	¡Esposa, mi bien, mi vida!
D. TELLO.	¿Esto has hecho contra mí?
SANCHO.	¡Ay, cuál estuve por ti!
NUÑO.	¡Ay, hija, cuál me has tenido! El juicio tuve perdido.
D. TELLO.	¡Teneos, apartaos, villanos!
SANCHO.	Déjame tocar sus manos, mira que soy su marido
D. TELLO.	¡Celio, Julio! ¡Hola!, criados, estos villanos matad.
FELICIANA.	Hermano, con más piedad, mira que no son culpados.
D. TELLO.	Cuando estuvieran casados, fuera mucho atrevimiento. ¡Matadlos!
SANCHO.	Yo soy contento de morir y no vivir, aunque es tan fuerte el morir.
ELVIRA.	Ni vida ni muerte siento.
SANCHO.	Escucha, Elvira, mi bien: yo me dejaré matar.
ELVIRA.	Yo ya me sabré guardar, aunque mil muertes me den.
D. TELLO.	¿Es posible que se estén requebrando? ¿Hay tal rigor? ¡Ah, Celio, Julio!

Salen CELIO *y* JULIO

JULIO.	Señor.

D. TELLO.   ¡Matadlos a palos!
CELIO.   ¡Mueran!

Échanlos a palos

D. TELLO.   En vano remedio esperan
              tus quejas de mi furor.
                 Ya pensamiento tenía
              de volverte, y tan airado
              estoy en ver que has hablado
              con tan notable osadía,
              que por fuerza has de ser mía,
              o no he de ser yo quien fui.
FELICIANA.   Hermano, que estoy aquí.
D. TELLO.   He de forzalla o matalla.
FELICIANA.   ¿Cómo es posible liballa
              de un hombre fuera de sí?

Vanse

Salen CELIO *y* JULIO *tras* SANCHO *y* NUÑO

JULIO.   Ansí pagan los villanos
              tan grandes atrevimientos.
CELIO.   ¡Salgan fuera de palacio!
LOS DOS.   ¡Salgan!

Vanse

SANCHO.   Matadme, escuderos.
              ¡No tuviera yo una espada!
NUÑO.   Hijo, mira que sospecho
              que este hombre te ha de matar,
              atrevido y descompuesto.
SANCHO.   Pues ¿será bueno vivir?
NUÑO.   Mucho se alcanza viviendo.
SANCHO.   ¡Vive Dios!, de no quitarme
              de los umbrales que veo,
              aunque me maten; que vida
              sin Elvira no la quiero.
NUÑO.   Vive, y pedirás justicia;
              que rey tienen estos reinos,

o en grado de apelación
la podrás pedir al cielo.

Sale PELAYO

PELAYO.   Aquí están.
SANCHO.   ¿Quién es?
PELAYO.   Pelayo,
todo lleno de contento,
que os viene a pedir albricias.
SANCHO.   ¿Cómo albricias a este tiempo?
PELAYO.   Albricias, digo.
SANCHO.   ¿De qué,
Pelayo, cuando estoy muerto,
y Nuño expirando?
PELAYO.   ¡Albricias!
NUÑO.   ¿No conoces a este necio?
PELAYO.   Elvira pareció ya.
SANCHO.   ¡Ay, padre!, ¿si la habrán vuelto?
¿Qué dices, Pelayo mío?
PELAYO.   Señor, dice todo el puebro
que desde anoche a las doce
está en casa de don Tello.
SANCHO.   ¡Maldito seas! Amén.
PELAYO.   Y que tienen por muy cierto
que no la quiere volver.
NUÑO.   Hijo, vamos al remedio:
el rey de Castilla, Alfonso,
por sus valerosos hechos,
reside agora en León;
pues es recto y justiciero,
parte allá, e informarásle
deste agravio; que sospecho
que nos ha de hacer justicia.
SANCHO.   ¡Ay, Nuño!, tengo por cierto
que el rey de Castilla, Alfonso,
es un príncipe perfeto;
mas ¿por dónde quieres que entre
un labrador tan grosero?
¿Qué corredor de palacio
osará mi atrevimiento
pisar? ¿Qué portero, Nuño,

permitirá que entre dentro?
Allí, a la tela, al brocado,
al grave acompañamiento
abren las puertas, si tienen
razón, que yo lo confieso;
pero a la pobreza, Nuño,
sólo dejan los porteros
que miren las puertas y armas,
y esto ha de ser desde lejos.
Iré a León y entraré
en Palacio, y verás luego
cómo imprimen en mis hombros
de las cuchillas los cuentos.
Pues ¡andar con memoriales
que toma el rey!, ¡santo y bueno!
Haz cuenta que de sus manos
en el olvido cayeron.
Volveréme habiendo visto
las damas y caballeros,
la iglesia, el palacio, el parque,
los edificios; y pienso
que traeré de allá mal gusto
para vivir entre tejos,
robles y encinas, adonde
canta el ave y ladra el perro.
No, Nuño, no aciertas bien.

NUÑO.   Sancho, yo sé bien si acierto.
Ve a hablar al rey Alfonso;
que si aquí te quedas, pienso
que te han de quitar la vida.

SANCHO.   Pues eso, Nuño, deseo.

NUÑO.   Yo tengo un rocín castaño,
que apostará con el viento
sus crines contra sus alas,
sus clavos contra su freno;
parte en él, e irá Pelayo
en aquel pequeño overo
que suele llevar al campo

SANCHO.   Por tu gusto te obedezco.
Pelayo, ¿irás tú conmigo
a la corte?

PELAYO.   Y tan contento

	de ver lo que nunca he visto,
	Sancho, que los pies te beso.
	Dícenme acá de la corte
	que con huevos y torreznos
	empiedran todas las calles,
	y tratan los forasteros
	como si fueran de Italia,
	de Flandes o de Marruecos.
	Dicen que es una talega
	donde junta los trebejos
	para jugar la fortuna,
	tantos blancos como negros.
	Vamos, por Dios, a la corte.
SANCHO.	Padre, adiós; partirme quiero.
	Échame tu bendición.
NUÑO.	Hijo, pues eres discreto,
	habla con ánimo al rey.
SANCHO.	Tú sabrás mi atrevimiento.
	Partamos.
NUÑO.	¡Adiós, mi Sancho!
SANCHO.	¡Adiós, Elvira!
PELAYO.	¡Adiós, puercos!

Vanse, y salen DON TELLO *y* FELICIANA

D. TELLO.	¡Qué no pueda conquistar
	desta mujer la belleza!
FELICIANA.	Tello, no hay que porfiar,
	porque es tanta su tristeza,
	que no deja de llorar.
	Si en esa torre la tienes,
	¿es posible que no vienes
	a considerar mejor
	que, aunque te tuviera amor,
	te había de dar desdenes?
	Si la tratas con crueldad,
	¿cómo ha de quererte bien?
	Advierte que es necedad
	tratar con rigor a quien
	se llega a pedir piedad.
D. TELLO.	¡Que sea tan desgraciado
	que me vea despreciado,

siendo aquí el más poderoso,
el más rico y dadivoso!

FELICIANA.   No te dé tanto cuidado,
    ni estés por una villana
tan perdido.

D. TELLO.   ¡Ay, Feliciana,
que no sabes qué es amor,
ni has probado su rigor!

FELICIANA.   Ten paciencia hasta mañana;
    que yo la tengo de hablar,
a ver si puedo ablandar
esta mujer.

D. TELLO.   Considera
que no es mujer, sino fiera,
pues me hace tanto penar.

    Prométela plata y oro,
joyas y cuanto quisieres;
di que la daré un tesoro:
que a dádivas las mujeres
suelen guardar más decoro.

    Di que la regalaré,
y dile que la daré
un vestido tan galán,
que gaste el oro a Milán
desde su cabello al pie:

    que si remedia mi mal,
la daré hacienda y ganado;
y que si fuera mi igual,
que ya me hubiera casado.

FELICIANA.   ¿Posible es que diga tal?

D. TELLO.   Sí, hermana, que estoy de suerte,
que me tengo de dar muerte
o la tengo de gozar,
y de una vez acabar
con dolor tan grave y fuerte.

FELICIANA.   Voy a hablarla, aunque es en vano.

D. TELLO.   ¿Por qué?

FELICIANA.   Porque una mujer
que es honrada, es caso llano
que no la podrá vencer
ningún interés humano.

D. TELLO.   Va presto, y da a mi esperanza

                    algún alivio. Si alcanza
                    mi fe lo que ha pretendido,
                    el amor que le he tenido
                    se ha de trocar en venganza.

      Vanse, y salen el REY *y el* CONDE *y* DON ENRIQUE
                  y acompañamiento

REY.   Mientras que se apercibe
                    mi partida a Toledo y me responde
                    el de Aragón, que vive
                    ahora en Zaragoza, sabed, Conde,
                    si están ya despachados
                    todos los pretendientes y soldados;
                      y mirad si hay alguno
                    también que quiera hablarme.

CONDE.   No ha quedado
                    por despachar ninguno.

D. ENRIQUE.   Un labrador gallego he visto echado
                    a esta puerta, y bien triste.

REY.   Pues ¿quién a ningún pobre la resiste?
                      Id, Enrique de Lara,
                    y traedle vos mismo a mi presencia.

                     Vase ENRIQUE

CONDE.   ¡Virtud heroica y rara!
                    ¡Compasiva piedad, suma clemencia!
                    ¡Oh ejemplo de los reyes,
                    divina observación de santas leyes!

                Salen ENRIQUE, SANCHO *y* PELAYO

D. ENRIQUE.   Dejad las azagayas.
SANCHO.   A la pared, Pelayo, las arrima.
PELAYO.   Con pie derecho vayas.
SANCHO.   ¿Cuál es el rey, señor?
D. ENRIQUE.   Aquel que arrima
                    la mano agora al pecho.
SANCHO.   Bien puede, de sus obras satisfecho.
                      Pelayo, no te asombres.
PELAYO.   Mucho tienen los reyes del invierno.
                    que hacen temblar los hombres.
SANCHO.   Señor...

REY.   Habla, sosiega.
SANCHO.   Que el gobierno
    de España agora tienes...
REY.   Dime quién eres y de dónde vienes.
SANCHO.   Dame a besar tu mano,
    porque ennoblezca mi grosera boca,
    príncipe soberano;
    que si mis labios, aunque indignos, toca,
    yo quedaré discreto.
REY.   ¿Con lágrimas la bañas? ¿A qué efeto?
SANCHO.   Mal hicieron mis ojos,
    pues propuso la boca su querella,
    y quieren darla enojos,
    para que puesta vuestra mano en ella,
    diera justo castigo
    a un hombre poderoso, mi enemigo.
REY.   Esfuérzate y no llores,
    que aunque en mi piedad es muy propicia,
    para que no lo ignores,
    también doy atributo a la justicia.
    Di quién te hizo agravio;
    que quien al pobre ofende, nunca es sabio.
SANCHO.   Son niños los agravios,
    y son padres los reyes: no te espantes
    que hagan con los labios,
    en viéndolos, pucheros semejantes.
REY.   Discreto me parece:
    primero que se queja me enternece.
SANCHO.   Señor, yo soy hidalgo,
    si bien pobre en mudanzas de fortuna,
    porque con ellas salgo
    desde el calor de mi primera cuna.
    Con este pensamiento
    quise mi igual en justo casamiento.
    Mas como siempre yerra
    quien de su justa obligación se olvida,
    al señor desta tierra,
    que don Tello de Neira se apellida,
    con más llaneza que arte,
    pidiéndole licencia, le di parte.
    Liberal la concede,
    y en las bodas me sirve de padrino;

mas el amor, que puede
obligar al más cuerdo a un desatino,
le ciega y enamora,
señor, de mi querida labradora.
      No deja desposarme,
y aquella noche, con armada gente,
la roba, sin dejarme
vida que viva, protección que intente,
fuera de vos y el cielo,
a cuyo tribunal sagrado apelo.
      Que habiéndola pedido
con lágrimas su padre y yo, tan fiero,
señor, ha respondido,
que vieron nuestros pechos el acero;
y siendo hidalgos nobles,
las ramas, las entrañas de los robles.

REY.   Conde.
CONDE.   Señor.
REY.   Al punto
tinta y papel. Llegadme aquí una silla.

Sacan un bufete y recado de escribir, y siéntase el REY
a escribir

CONDE.   Aquí está todo junto.
SANCHO.   Su gran valor espanta y maravilla.
            Al rey hablé, Pelayo.
PELAYO.   Él es hombre de bien, ¡voto a mi sayo!
SANCHO.   ¿Qué entrañas hay crueles
            para el pobre?
PELAYO.   Los reyes castellanos
            deben de ser ángeles.
SANCHO.   ¿Vestidos no los ves como hombres llanos?
PELAYO.   De otra manera había
            un rey que Tello es un tapiz tenía:
               la cara abigarrara,
            y la calza caída en media pierna,
            y en la mano una vara,
            y un tocado a manera de linterna,
            con su corona de oro,
            y un barboquejo, como turco o moro.
               Yo preguntéle a un paje

quién era aquel señor de tanta fama,
que me admiraba el traje;
y respondióme: «El rey Baúl se llama.»

SANCHO.   ¡Necio! Saúl diría.

PELAYO.   Baúl cuando al Badil matar quería.

SANCHO.   David, su yerno era.

PELAYO.   Sí; que en la igreja predicaba el cura
que le dio en la mollera
con una de Moisén lágrima dura
a un gigante que olía.

SANCHO.   Golías, bestia.

PELAYO.   El cura lo decía.

Acaba el REY *de escribir*

REY.   Conde, esa carta cerrad.
¿Cómo es tu nombre, buen hombre?

SANCHO.   Sancho, señor, es mi nombre,
que a lo pies de tu piedad
     pido justicia de quien,
en su poder confiado,
a mi mujer me ha quitado,
y me quitara también
     la vida, si no me huyera.

REY.   ¿Que es hombre tan poderoso
en Galicia?

SANCHO.   Es tan famoso,
que desde aquella ribera
     hasta la romana torre
de Hércules es respetado;
si está con un hombre airado,
sólo el cielo le socorre.
     Él pone y él quita leyes:
que ésas son las condiciones
de soberbios infanzones
que están lejos de los reyes.

CONDE.   La carta está ya cerrada.

REY.   Sobreescribidla a don Tello
de Neira.

SANCHO.   Del mismo cuello
me quitas, señor, la espada.

REY.   Esa carta la darás,
con que te dará tu esposa.

SANCHO.   De tu mano generosa,
            ¿hay favor que llegue a más?
REY.   ¿Viniste a pie?
SANCHO.   No, señor;
        que en dos rocines venimos
        Pelayo y yo.
PELAYO.   Y los cortimos
        como el viento, y aun mijor.
          Verdad es que tiene el mío
        unas mañaas no muy buenas:
        déjase subir apenas,
        échase en arena o río,
          corre como un maldiciente,
        come más que un estudiante,
        y en viendo un mesón delante,
        o se entra o se para enfrente.
REY.   Buen hombre sois.
PELAYO.   Soy, en fin,
        quien por vos su patria deja.
REY.   ¿Tenéis vos alguna queja?
PELAYO.   Sí, señor, deste rocín.
REY.   Digo que os cause cuidado.
PELAYO.   Hambre tengo: si hay cocina
        por acá...
REY.   ¿Nada os inclina
        de cuanto aquí veis colgado,
          que a vuestra casa llevéis?
PELAYO.   No hay allá donde ponello:
        enviádselo a don Tello,
        que tien desto y cuatro y seis.
REY.   ¡Qué gracioso labrador!
        ¿Qué sois allá en vuestra tierra?
PELAYO.   Señor, ando por la sierra,
        cochero soy del señor.
REY.   ¿Coches hay allá?
PELAYO.   Que no;
        soy que guardo los cochinos.
REY.   ¡Qué dos hombres peregrinos
        aquella tierra juntó!
          Aquél con tal condición,
        y éste con tanta ignorancia.
        Tomad vos.

Dale un bolsillo

PELAYO.	No es de importancia.
REY.	Tomadlos, doblones son.

    Y vos la carta tomad,
    y id en buen hora.

SANCHO.   Los cielos
    te guarden.

Vanse el REY *y los caballeros*

PELAYO.   ¡Hola!, tomélos.
SANCHO.   ¿Dineros?
PELAYO.   Y en cantidad.
SANCHO.   ¡Ay mi Elvira!, mi ventura
    se cifra en este papel,
    que pienso que llevo en él
    libranza de tu hermosura.

Vanse, y salen DON TELLO *y* CELIO

CELIO.   Como me mandaste, fui
    a saber de aquel villano,
    y aunque lo negaba Nuño,
    me lo dijo amenazado:
    no está en el valle, que ha días
    que anda ausente.
D. TELLO.   ¡Extraño caso!
CELIO.   Dice que es ido a León.
D. TELLO.   ¿A León?
CELIO.   Y que Pelayo
    le acompañaba.
D. TELLO.   ¿A qué efeto?
CELIO.   A hablar al rey.
D. TELLO.   ¿En qué caso?
    Él no es de Elvira marido;
    yo ¿por qué le hago agravio?
    Cuando se quejara Nuño,
    estuviera disculpado;
    pero ¡Sancho!
CELIO.   Esto me han dicho
    pastores de tus ganados;
    y como el mozo es discreto

	y tiene amor, no me espanto,
	señor, que se haya atrevido.
D. TELLO.	¿Y no habrá más de en llegando
	hablar a un rey de Castilla?
CELIO.	Como Alfonso se ha criado
	en Galicia con el conde
	don Pedro de Andrada y Castro,
	no le negará la puerta,
	por más que sea hombre bajo,
	a ningún gallego.

Llaman

D. TELLO.	Celio,
	mira quién está llamando.
	¿No hay pajes en esta sala?
CELIO.	¡Vive Dios, señor, que es Sancho!
	Este mismo labrador
	de quien estamos hablando.
D. TELLO.	¿Hay mayor atrevimiento?
CELIO.	Así vivas muchos años,
	que veas lo que te quiere.
D. TELLO.	Di que entre, que aquí le aguardo.

Entran SANCHO *y* PELAYO

SANCHO.	Dame, gran señor, los pies.
D. TELLO.	¿Adónde, Sancho, has estado,
	que ha días que no te he visto?
SANCHO.	A mí me parecen años.
	Señor, viendo que tenías,
	sea porfía en que has dado,
	o sea amor, a mi Elvira,
	fui hâblar al rey castellano,
	como supremo juez es
	para deshacer agravios.
D. TELLO.	Pues ¿qué dijiste de mí?
SANCHO.	Que habiéndome yo casado,
	me quitaste mi mujer.
D. TELLO.	¿Tú mujer? ¡Mientes, villano!
	¿Entró el cura aquella noche?
SANCHO.	No, señor; pero de entrambos

	sabía las voluntades.
D. TELLO.	Si nunca os tomó las manos, ¿cómo puede ser que sea matrimonio?
SANCHO.	Yo no trato de si es matrimonio o no. Aquesta carta me ha dado, toda escrita de su letra.
D. TELLO.	De cólera estoy temblando.

Lee

«En recibiendo ésta, daréis a ese pobre labrador la mujer que le habéis quitado, sin réplica alguna; y advertid que los buenos vasallos se conocen lejos de los reyes, y que los reyes nunca están lejos para castigar los malos.—*El Rey*.»

	Hombre, ¿qué has traído aquí?
SANCHO.	Señor, esa carta traigo que me dio el rey.
D. TELLO.	¡Vive Dios, que de mi piedad me espanto! ¿Piensas, villano, que temo tu atrevimiento en mi daño? ¿Sabes quién soy?
SANCHO.	Sí, señor; y en tu valor confiado traigo esta carta, que fue, no, cual piensas, en tu agravio, sino carta de favor del señor rey castellano, para que me des mi esposa.
D. TELLO.	Advierte que, respetando la carta, a ti y al que viene contigo...
PELAYO.	¡San Blas! ¡San Pablo!
D. TELLO.	... no os cuelgo de dos almenas.
PELAYO.	Sin ser día de mi santo, es muy bellaca señal.
D. TELLO.	Salid luego de palacio, y no paréis en mi tierra; que os haré matar a palos.

	Pícaros, villanos, gente

Pícaros, villanos, gente
de solar humilde y bajo,
¡conmigo!...

PELAYO.   Tiene razón;
que es mal hecho haberle dado
ahora esa pesadumbre

D. TELLO. Villanos, si os he quitado
esa mujer, soy quien soy,
y aquí reino en lo que mando,
como el rey en su Castilla;
que no deben mis pasados
a los suyos esta tierra;
que a los moros la ganaron.

PELAYO. Ganáronsela a los moros,
y también a los cristianos,
y no debe nada al rey.

D. TELLO. Yo soy quien soy...

PELAYO.   ¡San Macario!,
¡qué es aquesto!

D. TELLO.   Si no tomo
venganza con propias manos...
¡Dar a Elvira! ¡Qué es a Elvira!
¡Matadlos!... Pero dejadlos;
que en villanos es afrenta
manchar el acero hidalgo.

Vase

PELAYO. No le manche, por su vida.

SANCHO. ¿Qué te parece?

PELAYO.   Que estamos
desterrados de Galicia.

SANCHO. Pierdo el seso, imaginando
que éste no obedezca al rey
por tener cuatro vasallos.
Pues ¡vive Dios!...

PELAYO.   Sancho, tente;
que siempre es consejo sabio,
ni pleitos con poderosos,
ni amistades con criados.

SANCHO. Volvámonos a León.

PELAYO. Aquí los doblones traigo

	que me dio el rey; vamos luego.

SANCHO.   Diréle lo que ha pasado.
      ¡Ay mi Elvira, quién te viera!
      Salid, suspiros, y en tanto
      que vuelvo, decir que muero
      de amores.

PELAYO.   Camina, Sancho;
      que éste no ha gozado a Elvira.

SANCHO.   ¿De qué lo sabes, Pelayo?

PELAYO.   De que nos la hubiera vuelto,
      cuando la hubiera gozado.

         Vanse

Salen el REY, *el* CONDE *y* DON ENRIQUE

REY.   El cielo sabe, conde, cuánto estimo
                 las amistades de mi madre.

CONDE.   Estimo
                 esas razones, gran señor; que en todo
                 muestras valor divino y soberano.

REY.   Mi madre gravemente me ha ofendido,
                 mas considero que mi madre ha sido.

Salen SANCHO *y* PELAYO

PELAYO.   Digo que puedes llegar.

SANCHO.   Ya, Pelayo, viendo estoy
                 a quien toda el alma doy,
                 que no tengo más que dar:
                 aquel castellano sol,
                 aquel piadoso Trajano,
                 aquel Alcides cristiano
                 y aquel César español.

PELAYO.   Yo que no entiendo de historias
                 de Kyries, son de marranos,
                 estó mirando en sus manos
                 más que tien rayas, vitorias.
                 Llega, y a sus pies te humilla;
                 besa aquella fuerte mano.

SANCHO.   Emperador soberano,
                 invicto rey de Castilla,
                 déjame besar el suelo
                 de tus pies, que por almohada

          han de tener a Granada
          presto, con favor del cielo;
            y por alfombra a Sevilla,
          sirviéndoles de colores
          las naves y varias flores
          de su siempre hermosa orilla.
            ¿Conócesme?

REY.   Pienso que eres
          un gallego labrador
          que aquí me pidió favor.

SANCHO.   Yo soy, señor.

REY.   No te alteres.

SANCHO.   Señor, mucho me ha pesado
          de volver tan atrevido
          a darte enojos; no ha sido
          posible haberlo excusado.
            Pero si yo soy villano
          en la porfía, señor,
          tú serás emperador,
          tu serás César romano,
            para perdonar a quien
          pide a tu clemencia real
          justicia.

REY.   Dime tu mal,
          y advierte que te oigo bien;
            porque el pobre para mí
          tiene cartas de favor.

SANCHO.   La tuya, invicto señor,
          a Tello en Galicia di,
            para que, como era justo,
          me diese mi prenda amada.
          Leída y no respetada,
          causóle mortal disgusto;
            y no sólo no volvió,
          señor, la prenda que digo,
          pero con nuevo castigo
          el porte della me dio;
            que a mí y a este labrador
          nos trataron de tal suerte,
          que fue escapar de la muerte
          dicha y milagro, señor.
            Hice algunas diligencias

por no volver a cansarte,
pero ninguna fue parte
a mover sus resistencias.

    Hablóle el cura, que allí
tiene mucha autoridad,
y un santo y bendito abad,
que tuvo piedad de mí,

    y en San Pelayo de Samos
reside; pero mover
su pecho no pudo ser,
ni todos juntos bastamos.

    No me dejó que la viera,
que aun eso me consolara;
y así, vine a ver tu cara
y a que justicia me hiciera

    la imagen de Dios, que en ella
resplandece, pues la imita.

REY.   Carta de mi mano escrita...
Mas qué, ¿debió de rompella?

SANCHO.   Aunque por moverte a ira
dijera de sí algún sabio,
no quiera Dios que mi agravio
te indigne con la mentira.

    Leyóla, y no la rompió;
mas miento, que fue a rompella
leella y no hacer por ella
lo que su rey le mandó.

    En una tabla su ley
escribió Dios: ¿no es quebrar
la tabla el no la guardar?
Así el mandato del rey.

    Porque para que se crea
que es infiel, se entiende así,
que lo que se rompe allí,
basta que el respeto sea.

REY.   No es posible que no tengas
buena sangre, aunque te afligen
trabajos, y que de origen
de nobles personas vengas,

    como muestra tu buen modo
de hablar y de proceder.
Ahora bien, yo he de poner

de una vez remedio en todo.
Conde.

CONDE.   Gran señor.
REY.   Enrique.
D. ENRIQUE.   Señor...
REY.   Yo he de ir a Galicia,
que me importa hacer justicia,
y aquesto no se publique.
CONDE.   Señor...
REY.   ¿Qué me replicáis?
Poned del parque a las puertas
las postas.
CONDE.   Pienso que abiertas
al vulgo se las dejáis.
REY.   Pues ¿cómo lo han de saber,
si enfermo dicen que estoy
los de mi cámara?
D. ENRIQUE.   Soy
de contrario parecer.
REY.   Ésta es ya resolución:
no me repliquéis.
CONDE.   Pues sea
de aquí a dos días, y vea
Castilla la prevención
de vuestra melancolía.
REY.   Labradores.
SANCHO.   Gran señor.
REY.   Ofendido del rigor,
de la violencia y porfía
de don Tello, yo en persona
le tengo de castigar.
SANCHO.   ¡Vos, señor! Sería humillar
al suelo vuestra corona.
REY.   Id delante, y prevenid
de vuestro suegro la casa,
sin decirle lo que pasa,
ni a hombre humano, y advertid
que esto es pena de la vida.
SANCHO.   Pues ¿quién ha de hablar, señor?
REY.   Escuchad, vos, labrador:
aunque todo el mundo os pida
que digáis quién soy, decid

	que un hidalgo castellano,

que un hidalgo castellano,
puesta en la boca la mano
desta manera: advertid,
   porque no habéis de quitar
de los labios los dos dedos.

PELAYO.   Señor, los tendré tan quedos,
que no osaré bostezar.
   Pero su merced, mirando
con piedad mi suficiencia,
me ha de dar una licencia
de comer de cuando en cuando.

REY.   No se entiende que has de estar
siempre la mano en la boca.

SANCHO.   Señor, mirad que nos toca[1]
tanto mi bajeza honrar.
   Enviad, que es justa ley,
para que haga justicia,
algún alcalde a Galicia.

REY.   El mejor alcalde, el rey.

Vanse todos, y salen NUÑO *y* CELIO

NUÑO.   En fin ¿que podré verla?
CELIO.   Podréis verla:
don Tello, mi señor, licencia ha dado.
NUÑO.   ¿Qué importa, cuando soy tan desdichado?
CELIO.   No tenéis que temer, que ella resiste
con gallardo valor y valentía
de mujer, que es mayor cuando porfía.
NUÑO.   ¿Y podré yo creer que honor mantiene
mujer que en su poder un hombre tiene?
CELIO.   Pues es tanta verdad, que si quisiera
Elvira que su esposo Celio fuera,
tan seguro con ella me casara,
como si en vuestra casa la tuviera.
NUÑO.   ¿Cuál decís que es la reja?
CELIO.   Hacia esta parte
de la torre se mira una ventana,
donde se ha de poner, como me ha dicho.

---

[1] Por el contexto, quizá haya que leer este verso confuso, así: *Señor, mirad que no os toca...*, por corresponde.

NUÑO.　　　　Parece que allí veo un blanco bulto,
　　　　　　si bien ya con la edad lo dificulto.
CELIO.　　　　　Llegad, que yo me voy, porque si os viere,
　　　　　　no me vean a mí, que lo he trazado
　　　　　　de vuestro injusto amor importunado.

　　　　　　　Vase CELIO, *y sale* ELVIRA

NUÑO.　　　　　¿Eres tú, mi desdichada
　　　　　　hija?
ELVIRA.　　　　　¿Quién, si no yo, fuera?
NUÑO.　　　　Ya no pensé que te viera,
　　　　　　no por presa y encerrada,
　　　　　　sino porque deshonrada
　　　　　　te juzgué siempre en mi idea;
　　　　　　y es cosa tan torpe y fea
　　　　　　la deshonra en el honrado,
　　　　　　que aun a mí, que el ser te he dado,
　　　　　　me obliga a que no te vea.
　　　　　　　¡Bien el honor heredado
　　　　　　de tus pasados guardaste,
　　　　　　pues que tan presto quebraste
　　　　　　su cristal tan estimado!
　　　　　　Quien tan mala cuenta ha dado
　　　　　　de sí, padre no me llame;
　　　　　　porque hija tan infame,
　　　　　　y no es mucho que esto diga,
　　　　　　solamente a un padre obliga
　　　　　　a que su sangre derrame.
ELVIRA.　　　　Padre, si en desdichas tales
　　　　　　y en tan continuos desvelos,
　　　　　　los que han de dar los consuelos
　　　　　　vienen a aumentar los males,
　　　　　　los míos serán iguales
　　　　　　a la desdicha en que estoy;
　　　　　　porque si tu hija soy,
　　　　　　y el ser que tengo me has dado,
　　　　　　es fuerza haber heredado
　　　　　　la nobleza que te doy.
　　　　　　　Verdad es que este tirano
　　　　　　ha procurado vencerme;
　　　　　　yo he sabido defenderme

con un valor más que humano;
y puedes estar ufano
de que he de perder la vida
primero que este homicida
llegue a triunfar de mi honor,
aunque con tanto rigor
aquí me tiene escondida.

NUÑO.   Ya del estrecho celoso,
hija, el corazón ensancho.

ELVIRA.   ¿Qué se ha hecho el pobre Sancho
que solía ser mi esposo?

NUÑO.   Volvió a ver aquel famoso
Alfonso, rey de Castilla.

ELVIRA.   Luego ¿no ha estado en la villa?

NUÑO.   Hoy esperándole estoy.

ELVIRA.   Y yo que le maten hoy.

NUÑO.   Tal crueldad me maravilla.

ELVIRA.   Jura de hacerle pedazos.

NUÑO.   Sancho se sabrá guardar.

ELVIRA.   ¡Oh, quién se pudiera echar
de aquesta torre a tus brazos!

NUÑO.   Desde aquí, con mil abrazos
te quisiera recibir.

ELVIRA.   Padre, yo me quiero ir,
que me buscan; padre, adiós.

NUÑO.   No nos veremos los dos,
que yo me voy a morir.

Vase ELVIRA, *y sale* DON TELLO

D. TELLO.   ¿Qué es esto? ¿Con quién habláis?

NUÑO.   Señor, a estas piedras digo
mi dolor, y ellas conmigo
sienten cuán mal me tratáis;
que aunque vos las imitáis
en dureza, mi desvelo
huye siempre del consuelo
que anda a buscar mi tristeza;
y aunque es tanta su dureza,
piedad les ha dado el cielo.

D. TELLO.   Aunque más forméis, villanos,
quejas, llantos e invenciones,

> la causa de mis pasiones
> no ha de salir de mis manos.
> Vosotros sois los tiranos,
> que no la queréis rogar
> que dé a mi intento lugar;
> que yo, que le adoro y quiero,
> ¿cómo puede ser, si muero,
> que pueda a Elvira matar?
> 　　¿Qué señora presumís
> que es Elvira? ¿Es más agora
> que una pobre labradora?
> Todos del campo vivís;
> mas pienso que bien decís,
> mirando la sujeción
> del humano corazón,
> que no hay mayor señorío
> que pocos años y brío,
> hermosura y discreción.

NUÑO. 　　Señor, vos decís muy bien.
Que el cielo os guarde.

D. TELLO. 　　　　　　　　Sí hará
y a vosotros os dará
el justo pago también.

NUÑO. ¡Que sufra el mundo que estén
sus leyes en tal lugar,
que el pobre al rico ha de dar
su honor, y decir que es justo!
Mas tiene por ley su gusto
y poder para matar.

Vase

D. TELLO. 　Celio.

Sale CELIO

CELIO. 　　Señor.
D. TELLO. 　　　　Lleva luego
donde te he mandado a Elvira.
CELIO. 　Señor, lo que intentas mira.
D. TELLO. 　No mira quien está ciego.
CELIO. 　Que repares bien te ruego,
que forzalla es crueldad.

D. TELLO.	Tuviera de mí piedad,
	Celio, y yo no la forzara.
CELIO.	Estimo por cosa rara
	su defensa y castidad.
D. TELLO.	No repliques a mi gusto,
	¡pesar de mi sufrimiento!,
	que ya es bajo pensamiento
	el sufrir tanto disgusto.
	Tarquino tuvo por gusto
	no esperar tan sola un hora,
	y cuando vino el aurora
	ya cesaban sus porfías;
	pues ¿es bien que tantos días
	espere a una labradora?
CELIO.	¿Y esperarás tú también
	que te den castigo igual?
	Tomar ejemplo del mal
	no es justo, sino del bien.
D. TELLO.	Mal o bien, hoy su desdén,
	Celio, ha de quedar vencido.
	Ya es tema, si amor ha sido;
	que aunque Elvira no es Tamar,
	a ella le ha de pesar,
	y a mí vengarme su olvido.

Vanse, y salen SANCHO, PELAYO *y* JUANA

JUANA.	Los dos seáis bien venidos.
SANCHO.	No sé cómo lo seremos;
	pero bien sucederá,
	Juana, si lo quiere el cielo.
PELAYO.	Si lo quiere el cielo, Juana,
	sucederá por los menos...
	que habemos llegado a casa,
	y pues que tienen sus piensos
	los rocines, no es razón
	que envidia tengamos dellos.
JUANA.	¿Ya nos vienes a matar?
SANCHO.	¿Dónde está el señor?
JUANA.	Yo creo
	que es ido a hablar con Elvira.
SANCHO.	Pues ¿déjala hablar don Tello?

JUANA.	Allá por una ventana
	de una torre, dijo Celio.
SANCHO.	¿En torre está todavía?
PELAYO.	No importa, que vendrá presto
	quien le haga...
SANCHO.	Advierte, Pelayo...
PELAYO.	Olvidéme de los dedos.
JUANA.	Nuño viene.

Sale NUÑO

SANCHO.	¡Señor mío!
NUÑO.	Hijo, ¿cómo vienes?
SANCHO.	Vengo
	más contento, a tu servicio.
NUÑO.	¿De qué vienes tan contento?
SANCHO.	Traigo un gran pesquisidor...
PELAYO.	Un pesquisidor traemos
	que tiene...
SANCHO.	Advierte, Pelayo...
PELAYO.	Olvidéme de los dedos.
NUÑO.	¿Viene gran gente con él?
SANCHO.	Dos hombres.
NUÑO.	Pues yo te ruego,
	hijo, que no intentes nada,
	que será vano tu intento;
	de un poderoso en su tierra,
	con armas, gente y dinero,
	o ha de torcer la justicia,
	o alguna noche, durmiendo,
	matarnos en nuestra casa.
PELAYO.	¿Matar? ¡Oh, qué bueno es eso!
	¿Nunca habéis jugado al triunfo?
	Haced cuenta que don Tello
	ha metido la malilla;
	pues la espadilla traemos.
SANCHO.	Pelayo, ¿tenéis juicio?
PELAYO.	Olvidéme de los dedos.
SANCHO.	Lo que habéis de hacer, señor,
	es prevenir aposento,
	porque es hombre muy honrado.
PELAYO.	Y tan honrado que puedo
	decir...

SANCHO.   ¡Vive Dios, villano!
PELAYO.   Olvidéme de los dedos,
                que no habraré más palabra.
NUÑO.   Hijo, descansa; que pienso
                que te ha de costar la vida
                tu amoroso pensamiento.
SANCHO.   Antes voy a ver la torre
                donde mi Elvira se ha puesto;
                que, como el sol deja sombra,
                podrá ser que de su cuerpo
                haya quedado en la reja;
                y si como el sol traspuesto,
                no la ha dejado, yo sé
                que podrá formarla luego
                mi propia imaginación.

                            Vase

NUÑO.   ¡Qué extraño amor!
JUANA.   Yo no creo
                que se haya visto en el mundo.
NUÑO.   Ven acá, Pelayo.
PELAYO.   Tengo
                que decir a la cocina.
NUÑO.   Ven acá, pues.
PELAYO.   Luego vuelvo.
NUÑO.   Ven acá.
PELAYO.   ¿Qué es lo que quiere?
NUÑO.   ¿Quién es este caballero
                pesquisidor que trae Sancho?
PELAYO.   El pecador que traemos
                es un... ¡Dios me tenga en buenas!
                Es un hombre de buen seso,
                descolorido, encendido;
                alto, pequeño de cuerpo;
                la boca, por donde come;
                barbirrubio y barbinegro;
                y si no lo miré mal,
                es médico o quiere serlo,
                porque en mandando que sangren,
                aunque sea del pescuezo...
NUÑO.   ¿Hay bestia como éste, Juana?

Sale BRITO

BRITO.	Señor Nuño, corre presto,
	porque a la puerta de casa
	se apean tres caballeros
	de tres hermosos caballos,
	con lindos vestidos nuevos,
	botas, espuelas y plumas.
NUÑO.	¡Válgame Dios, si son ellos!
	Mas ¡pesquisidor con plumas!
PELAYO.	Señor, vendrán más ligeros;
	porque la recta justicia,
	cuando no atiende a cohechos,
	tan presto al concejo vuelve,
	como sale del concejo.
NUÑO.	¿Quién le ha enseñado a la bestia
	esas malicias?
PELAYO.	¿No vengo
	de la corte? ¿Qué se espanta?

Vanse BRITO *y* JUANA, *y salen el* REY *y los caballeros,
de camino, y* SANCHO

SANCHO.	Puesto que os vi desde lejos,
	os conocí.
REY.	Cuenta, Sancho,
	que aquí no han de conocernos.
NUÑO.	Seáis, señor, bien venido.
REY.	¿Quién sois?
SANCHO.	Es Nuño, mi suegro.
REY.	Estéis en buen hora, Nuño.
NUÑO.	Mil veces los pies os beso.
REY.	Avisad los labradores
	que no digan a don Tello
	que viene pesquisidor.
NUÑO.	Cerrados pienso tenerlos
	para que ninguno salga.
	Pero, señor, tengo miedo
	que traigáis dos hombres solos;
	que no hay en todo este reino
	más poderoso señor,
	más rico ni más soberbio.

REY.	Nuño, la vara del rey
	hace el oficio del trueno,
	que avisa que viene el rayo;
	solo, como veis, pretendo
	hacer por el rey justicia.
NUÑO.	En vuestra presencia veo
	tan magnánimo valor,
	que, siendo agraviado, tiemblo.
REY.	La información quiero hacer.
NUÑO.	Descansad, señor, primero;
	que tiempo os sobra de hacella.
REY.	Nunca a mí me sobra tiempo.
	¿Llegaste bueno, Pelayo?
PELAYO.	Sí, señor, llegué muy bueno.
	Sepa vuesa señoría...
REY.	¿Qué os dije?
PELAYO.	Póngome el freno.
	¿Viene bueno su merced?
REY.	Gracias a Dios, bueno vengo.
PELAYO.	A fe que he de presentalle,
	si salimos con el pleito,
	un puerco de su tamaño.
SANCHO.	¡Calla, bestia!
PELAYO.	Pues ¿qué? ¿Un puerco
	como yo, que soy chiquito?
REY.	Llamad esa gente presto.

Salen BRITO, FILENO, JUANA *y* LEONOR

BRITO.	¿Qué es, señor, lo que mandáis?
NUÑO.	Si de los valles y cerros
	han de venir los zagales,
	esperaréis mucho tiempo.
REY.	Éstos bastan que hay aquí.
	¿Quién sois vos?
BRITO.	Yo, señor bueno,
	so Brito, un zagal del campo.
PELAYO.	De casado le cogieron
	el principio, y ya es cabrito.
REY.	¿Qué sabéis vos de don Tello
	y del suceso de Elvira?
BRITO.	La noche del casamiento

la llevaron unos hombres
que aquestas puertas rompieron.

REY.   Y vos, ¿quién sois?

JUANA.   Señor, Juana,
su criada, que sirviendo
estaba a Elvira, a quien ya
sin honra y sin vida veo.

REY.   ¿Y quién es aquel buen hombre?

PELAYO.   Señor, Fileno el gaitero:
toca de noche a las brujas
que andan por esos barbechos,
y una noche le llevaron,
de donde trujo el asiento
como ruedas de salmón.

REY.   Diga lo que sabe desto.

FILENO.   Señor, yo vine a tañer,
y vi que mandó don Tello
que no entrara el señor cura.
El matrimonio deshecho,
se llevó a su casa a Elvira,
donde su padre y sus deudos
la han visto.

REY.   ¿Y vos, labradora?

PELAYO.   Ésta es Antona de Cueto,
hija de Pero Miguel
de Cueto, de quien fue agüelo
Nuño de Cueto, y su tío
Martín Cueto, morganero
del lugar, gente muy nobre;
tuvo dos tías que fueron
brujas, pero ha muchos años,
y tuvo un sobrino tuerto,
el primero que sembró
nabos en Galicia.

REY.   Bueno
está aquesto por ahora.
Caballeros, descansemos,
para que a la tarde vamos
a visitar a don Tello.

CONDE.   Con menos información
pudieras tener por cierto
que no te ha engañado Sancho,

porque la inocencia déstos
es la prueba más bastante.

REY.   Haced traer de secreto
un clérigo y un verdugo.

Vanse el REY *y los caballeros*

NUÑO.   Sancho.
SANCHO.   Señor.
NUÑO.   Yo no entiendo
este modo de juez;
sin cabeza de proceso
pide clérigo y verdugo.
SANCHO.   Nuño, yo no sé su intento.
NUÑO.   Con un escuadrón armado
aun no pudiera prenderlo,
cuanto más con dos personas.
SANCHO.   Démosle a comer, que luego
se sabrá si puede o no.
NUÑO.   ¿Comerán juntos?
SANCHO.   Yo creo
que el juez comerá solo,
y después comerán ellos.
NUÑO.   Escribano y alguacil
deben de ser.
SANCHO.   Eso pienso.

Vase

NUÑO.   Juana.
JUANA.   Señor.
NUÑO.   Adereza
ropa limpia, y al momento
matarás cuatro gallinas,
y asarás un buen torrezno.
Y pues estaba pelado,
por aquel pavillo nuevo
a que se ase también,
mientras que baja Fileno
a la bodega por vino.
PELAYO.   ¡Voto al sol, Nuño, que tengo
de comer hoy con el juez!
NUÑO.   Éste ya no tiene seso.

Vase

PELAYO.   Sólo es desdicha en los reyes
                  comer solos, y por eso
                  tienen siempre alrededor
                  los bufones y los perros.

Vase, y sale ELVIRA, *huyendo de* DON TELLO, *y* FELICIANA,
deteniéndole. Sale por una parte y entra por otra

ELVIRA.   ¡Favor, cielo soberano,
                  pues en la tierra no espero
                  remedio!

Vase

D. TELLO.   ¡Matarla quiero!
FELICIANA.   ¡Detén la furiosa mano!
D. TELLO.   ¡Mira que te he de perder
                  el respeto, Feliciana!
FELICIANA.   Merezca, por ser tu hermana,
                  lo que no por ser mujer.
D. TELLO.   ¡Pese a la loca villana!
                  ¡Que por un villano amor
                  no respete a su señor,
                  de puro soberbia y vana!
                      Pues no se canse en pensar
                  que se podrá resistir;
                  que la tengo de rendir
                  o la tengo de matar.

Vase, y sale CELIO

CELIO.   No sé si es vano temor,
                  señora, el que me ha engañado;
                  a Nuño he visto en cuidado
                  de huéspedes de valor.
                      Sancho ha venido a la villa,
                  todos andan con recato;
                  con algún fingido trato
                  le han despachado en Castilla.
                      No los he visto jamás
                  andar con tanto secreto.

FELICIANA.   No fuiste, Celio, discreto,
                  si en esa sospecha estás;
                      que ocasión no te faltara
                  para entrar y ver lo que es.
CELIO.   Temí que Nuño después
                  de verme entrar se enojara,
                      que a todos nos quiere mal.
FELICIANA.   Quiero avisar a mi hermano,
                  porque tiene este villano
                  bravo ingenio y natural.
                      Tú, Celio, quédate aquí,
                  para ver si alguno viene.

                      Vase FELICIANA

CELIO.   Siempre la conciencia tiene
                  ese temor contra sí;
                      demás que tanta crueldad
                  al cielo pide castigo.

                  Salen el REY, *caballeros y* SANCHO

REY.   Entrad y haced lo que digo.
CELIO.   ¿Qué gente es ésta?
REY.   Llamad.
SANCHO.   Éste, señor, es criado
                  de don Tello.
REY.   ¡Ah, hidalgo! Oíd.
CELIO.   ¿Qué me queréis?
REY.   Advertid
                  a don Tello que he llegado
                      de Castilla, y quiero hablalle.
CELIO.   ¿Y quién diré que sois?
REY.   Yo.
CELIO.   ¿No tenéis más nombre?
REY.   No.
CELIO.   ¿Yo no más, y con buen talle?
                      Pues me habéis en cuidado,
                  yo voy a decir que Yo
                  está a la puerta.

                      Vase

D. ENRIQUE.   Ya entró.

CONDE.	Temo que responda airado,
	y era mejor declararte.
REY.	No era, porque su miedo
	le dirá que sólo puedo
	llamarme Yo en esta parte.

Sale CELIO

CELIO.	A don Tello, mi señor,
	dije cómo Yo os llamáis,
	y me dice que os volváis,
	que él solo es Yo por rigor.
	Que quien dijo Yo por ley
	justa del cielo y del suelo,
	es sólo Dios en el cielo,
	y en el suelo sólo el rey.
REY.	Pues un alcalde decid
	de su casa y corte.
CELIO.	*(Túrbase.)* Iré,
	y ese nombre le diré.
REY.	En lo que os digo advertid.

Vase CELIO

CONDE.	Parece que el escudero
	se ha turbado.
D. ENRIQUE.	El nombre ha sido
	la causa.
SANCHO.	Nuño ha venido;
	licencia, señor, espero
	para que llegue, si es gusto
	vuestro.
REY.	Llegue, porque sea
	en todo lo que desea
	parte, de lo que es tan justo,
	como del pesar lo ha sido.
SANCHO.	Llegad, Nuño, y desde afuera
	mirad.

Salen NUÑO *y todos los villanos*

NUÑO.	Sólo ver me altera
	la casa deste atrevido.
	Estad todos con silencio.

JUANA.   Habla Pelayo, que es loco.
PELAYO.   Vosotros veréis cuán poco
                de un mármol me diferencio.
NUÑO.   ¡Que con dos hombres no más
                viniese! ¡Extraño valor!

Sale FELICIANA, *deteniendo a* DON TELLO, *y los criados*

FELICIANA.   Mira lo que haces, señor.
                Tente, hermano, ¿dónde vas?
D. TELLO.   ¿Sois por dicha, hidalgo, vos
                el alcalde de Castilla
                que me busca?
REY.   ¿Es maravilla?
D. TELLO.   Y no pequeña, ¡por Dios!,
                si sabéis quién soy aquí.
REY.   Pues ¿qué diferencia tiene
                del rey, quien en nombre viene
                suyo?
D. TELLO.   Mucha contra mí.
                Y vos, ¿adónde traéis
                la vara?
REY.   En la vaina está,
                de donde presto saldrá,
                y lo que pasa veréis.
D. TELLO.   ¿Vara en la vaina? ¡Oh, qué bien!
                No debéis de conocerme.
                Si el rey no viene a prenderme,
                no hay en todo el mundo quién.
REY.   ¡Pues yo soy el rey, villano!
PELAYO.   ¡Santo Domingo de Silos!
D. TELLO.   Pues, señor, ¿tales estilos
                tiene el poder castellano?
                ¿Vos mismo? ¿Vos en persona?
                Que me perdonéis os ruego.
REY.   Quitadle las armas luego.
                Villano, ¡por mi corona,
                que os he de hacer respetar
                las cartas del rey!
FELICIANA.   Señor,
                que cese tanto rigor
                os ruego.

REY.	No hay que rogar.
	Venga luego la mujer
	deste pobre labrador.
D. TELLO.	No fue su mujer, señor.
REY.	Basta que lo quiso ser.
	¿Y no está su padre aquí
	que ante mí se ha querellado?
D. TELLO.	Mi justa muerte ha llegado.
	A Dios y al rey ofendí.

Sale ELVIRA, *sueltos los cabellos*

ELVIRA.
     Luego que tu nombre
oyeron mis quejas,
castellano Alfonso,
que a España gobiernas,
salí de la cárcel
donde estaba presa,
a pedir justicia
a tu real clemencia.
Hija soy de Nuño
de Aibar, cuyas prendas
son bien conocidas
por toda esta tierra.
Amor me tenía
Sancho de Roelas;
súpolo mi padre,
casarnos intenta.
Sancho, que servía
a Tello de Neira,
para hacer la boda
le pidió licencia;
vino con su hermana,
los padrinos eran;
vióme y codicióme,
la traición concierta.
Difiere la boda,
y viene a mi puerta
con hombres armados
y máscaras negras.
Llevóme a su casa,
donde con promesas

derribar pretende
mi casta firmeza;
y desde su casa
a un bosque me lleva,
cerca de una quinta,
un cuarto de legua;
allí, donde sólo
la arboleda espesa,
que al sol no dejaba
que testigo fuera,
escuchar podía
mis tristes endechas.
Digan mis cabellos,
pues saben las yerbas
que dejé en sus hojas
infinitas hebras,
qué defensas hice
contra sus ofensas.
Y mis ojos digan
qué lágrimas tiernas,
que a un duro peñasco
ablandar pudieran,
viviré llorando:
pues no es bien que tenga
contento ni gusto
quien sin honra queda.
Sólo soy dichosa
en que pedir pueda
al mejor alcalde
que gobierna y reina,
justicia y piedad
de maldad tan fiera.
Ésta pido, Alfonso,
a tus pies, que besan
mis humildes labios,
ansí libres vean
descendientes tuyos
las partes sujetas
de los fieros moros
con felice guerra:
que si no te alaba
mi turbada lengua,

fama hay y historias
que la harán enterna.

REY.   Pésame de llegar tarde:
llegar a tiempo quisiera
que pudiera remediar
de Sancho y Nuño las quejas,
pero puedo hacer justicia
cortándole la cabeza
a Tello; venga el verdugo.

FELICIANA.   Señor, tu real clemencia
tenga piedad de mi hermano.

REY.   Cuando esta causa no hubiera,
el desprecio de mi carta,
mi firma, mi propia letra,
¿no era bastante delito?
Hoy veré yo tu soberbia,
don Tello, puesta a mis pies.

D. TELLO.   Cuando hubiera mayor pena,
invictísimo señor,
que la muerte que me espera,
confieso que la merezco.

D. ENRIQUE. Si puedo en presencia vuestra...

CONDE.   Señor, muévaos a piedad
que os crié en aquesta tierra.

FELICIANA.   Señor, el conde don Pedro
de vos por merced merezca
la vida de Tello.

REY.   El conde
merece que yo le tenga
por padre; pero también
es justo que el conde advierta
que ha de estar a mi justicia
obligado de manera,
que no me ha de replicar.

CONDE.   Pues la piedad, ¿es bajeza?

REY.   Cuando pierde de su punto
la justicia, no se acierta
en admitir la piedad:
divinas y humanas letras
dan ejemplos. Es traidor
todo hombre que no respeta
a su rey, y que habla mal

de su persona en ausencia.
Da, Tello, a Elvira la mano,
para que pagues la ofensa
con ser su esposo; y después
que te corten la cabeza,
podrá casarse con Sancho,
con la mitad de tu hacienda
en dote. Y vos, Feliciana,
seréis dama de la reina
en tanto os doy marido
conforme a vuestra nobleza.

NUÑO.   Temblando estoy.
PELAYO.   ¡Bravo rey!
SANCHO.   Y aquí acaba la comedia
del mejor alcalde, historia
que afirma por verdadera
la corónica de España:
la cuarta parte la cuenta.

FIN DE LA FAMOSA COMEDIA

EL MEJOR ALCALDE, EL REY

FUENTE OVEJUNA

PERSONAJES

FERNÁN GÓMEZ, *comendador*.
ORTUÑO.
FLORES.
El MAESTRE DE CALATRAVA.
PASCUALA.
LAURENCIA.
MENGO.
BARRILDO.
FRONDOSO.
JUAN ROJO.
ESTEBAN, ALONSO, *alcaldes*.

REY DON FERNANDO.
REINA DOÑA ISABEL.
Un REGIDOR.
CIMBRANOS, *soldado*.
JACINTA, *labradora*.
Un MUCHACHO.
Algunos LABRADORES.
Un JUEZ.
La MÚSICA.
DON MANRIQUE.
LEONELO.

ACTO PRIMERO

Salen el COMENDADOR, FLORES *y* ORTUÑO, *criados*

COMENDADOR.   ¿Sabe el maestre que estoy
    en la villa?
FLORES.   Ya lo sabe.
ORTUÑO.   Está, con la edad, más grave.
COMENDADOR.   ¿Y sabe también que soy
    Fernán Gómez de Guzmán?
FLORES.   Es muchacho, no te asombre.
COMENDADOR.   Cuando no sepa mi nombre,
    ¿no le sabrá el que me dan
    de comendador mayor?
ORTUÑO.   No falta quien le aconseje
    que de ser cortés se aleje.
COMENDADOR.   Conquistará poco amor.
    Es llave la cortesía
    para abrir la voluntad;
    y para la enemistad
    la necia descortesía.
ORTUÑO.   Si supiese un descortés
    cómo lo aborrecen todos
    —y querrían de mil modos
    poner la boca a sus pies—,
    antes que serlo ninguno,
    se dejaría morir.
FLORES.   ¡Qué cansado es de sufrir!
    ¡Qué áspero y qué importuno!
    Llaman la descortesía
    necedad en los iguales,
    porque es entre desiguales
    linaje de tiranía.

                Aquí no te toca nada:
                que un muchacho aún no ha llegado
                a saber qué es ser amado.

COMENDADOR.   La obligación de la espada
                que se ciñó, el mismo día
                que la cruz de Calatrava
                le cubrió el pecho, bastaba
                para aprender cortesía.

FLORES.   Si te han puesto mal con él,
                presto le conocerás.

ORTUÑO.   Vuélvete, si en duda estás.

COMENDADOR.   Quiero ver lo que hay en él.

Sale el MAESTRE DE CALATRAVA *y acompañamiento*

MAESTRE.   Perdonad, por vida mía,
                Fernán Gómez de Guzmán;
                que agora nueva me dan
                que en la villa estáis.

COMENDADOR.   Tenía
                muy justa queja de vos;
                que el amor y la crianza
                me daban más confianza,
                por ser, cual somos los dos,
                vos maestre en Calatrava,
                yo vuestro comendador
                y muy vuestro servidor.

MAESTRE.   Seguro, Fernando, estaba
                de vuestra buena venida.
                Quiero volveros a dar
                los brazos.

COMENDADOR.   Debéisme honrar,
                que he puesto por vos la vida
                entre diferencias tantas,
                hasta suplir vuestra edad
                el pontífice.

MAESTRE.   Es verdad.
                Y por las señales santas
                que a los dos cruzan el pecho,
                que os lo pago en estimaros,
                y como a mi padre honraros.

COMENDADOR.   De vos estoy satisfecho.

MAESTRE.	¿Qué hay de guerra por allá?
COMENDADOR.	Estad atento, y sabréis
	la obligación que tenéis
MAESTRE.	Decid que ya lo estoy, ya.
COMENDADOR.	Gran maestre don Rodrigo

Téllez Girón, que a tan alto
lugar os trajo el valor
de aquel vuestro padre claro,
que, de ocho años, en vos
renunció su maestrazgo,
que después por más seguro
juraron y confirmaron
reyes y comendadores,
dando el pontífice santo
Pío segundo sus bulas,
y después las suyas Paulo
para que don Juan Pacheco,
gran maestre de Santiago,
fuese vuestro coadjutor:
ya que es muerto, y que os han dado
el gobierno sólo a vos,
aunque de tan pocos años,
advertid que es honra vuestra
seguir en aqueste caso
la parte de vuestros deudos;
porque muerto Enrique cuarto,
quieren que al rey don Alonso
de Portugal, que ha heredado,
por su mujer, a Castilla,
obedezcan sus vasallos;
que aunque pretende lo mismo,
por Isabel, don Fernando,
gran príncipe de Aragón,
no con derecho tan claro
a vuestros deudos; que, en fin,
no presumen que hay engaño
en la sucesión de Juana,
a quien vuestro primo hermano
tiene agora en su poder.
Y así vengo a aconsejaros
que juntéis los caballeros
de Calatrava en Almagro,

y a Ciudad Real toméis,
que divide como paso
a Andalucía y Castilla,
para mirarlas a entrambas[1].
Poca gente es menester,
porque tienen por soldados
solamente sus vecinos
y algunos pocos hidalgos
que defienden a Isabel
y llaman rey a Fernando.
Será bien que deis asombro,
Rodrigo, aunque niño, a cuantos
dicen que es grande esa cruz
para vuestros hombros flacos.
Mirad los condes de Urueña,
de quien venís, que mostrando
os están desde la fama
los laureles que ganaron;
los marqueses de Villena,
y otros capitanes, tantos,
que las alas de la fama
apenas pueden llevarlos.
Sacad esa blanca espada,
que habéis de hacer, peleando,
tan roja como la cruz;
porque no podré llamaros
maestre de la cruz roja
que tenéis al pecho, en tanto
que tenéis la blanca espada;
que una al pecho y otra al lado,
entrambas han de ser rojas;
y vos, Girón soberano,
capa del templo inmortal
de vuestros claros pasados.

MAESTRE.   Fernán Gómez, estad cierto
que en esta parcialidad,
porque veo que es verdad,
con mis deudos me concierto.
          Y si importa, como paso,
a Ciudad Real mi intento,

---

[1] La asonancia del romance pide *entrambos*.

                    veréis que como violento
                    rayo sus muros abraso.
                       No porque es muerto mi tío,
                    piensen de mis pocos años
                    los propios y los extraños
                    que murió con él mi brío.
                       Sacaré la blanca espada,
                    para que quede su luz
                    de la color de la cruz,
                    de roja sangre bañada.
                       Vos, ¿adónde residís?
                    ¿Tenéis algunos soldados?
COMENDADOR.   Pocos, pero mis criados;
                    que si dellos os servís,
                       pelearán como leones.
                    Ya veis que en Fuente Ovejuna
                    hay gente humilde, y alguna
                    no enseñada en escuadrones,
                       sino en campos y labranzas.
MAESTRE.   ¿Allí residís?
COMENDADOR.   Allí
                    de mi encomienda escogí
                    casa entre aquestas mudanzas.
                       Vuestra gente se registre;
                    que no quedará vasallo.
MAESTRE.   Hoy me veréis a caballo,
                    poner la lanza en el ristre.

               Vanse, y salen PASCUALA *y* LAURENCIA

LAURENCIA.   ¡Más que nunca acá volviera!
PASCUALA.   Pues a la fe que pensé
                    que cuando te lo conté,
                    más pesadumbre te diera.
LAURENCIA.   ¡Plega al cielo que jamás
                    le vea en Fuente Ovejuna!
PASCUALA.   Yo, Laurencia, he visto alguna
                    tan brava, y pienso que más;
                       y tenía el corazón
                    brando como una manteca.
LAURENCIA.   Pues ¿hay encina tan seca
                    como esta mi condición?

Aurora Bautista, expresiva Laurencia, de «Fuente Ovejuna»

Foto Gyenes

PASCUALA.   Anda ya; que nadie diga:
                 de esta agua no beberé.
LAURENCIA.   ¡Voto al sol que lo diré,
                 aunque el mundo me desdiga!
                 ¿A qué efeto fuera bueno
                 querer a Fernando yo?
                 ¿Casarme con él yo?
PASCUALA.   No.
LAURENCIA.   Luego la infamia condeno.
                 ¡Cuántas mozas en la villa,
                 del comendador fiadas,
                 andan ya descalabradas!
PASCUALA.   Tendré yo por maravilla
                 que te escapes de su mano.
LAURENCIA.   Pues en vano es lo que ves,
                 porque ha que me sigue un mes,
                 y todo, Pascuala, en vano.
                 Aquel Flores, su alcahuete,
                 y Ortuño, aquel socarrón,
                 me mostraron un jubón,
                 una sarta y un copete.
                 Dijéronme tantas cosas
                 de Fernando, su señor,
                 que me pusieron temor;
                 mas no serán poderosas
                 para contrastar mi pecho.
PASCUALA.   ¿Dónde te hablaron?
LAURENCIA.   Allá
                 en el arroyo, y habrá
                 seis días.
PASCUALA.   Y yo sospecho
                 que te han de engañar, Laurencia.
LAURENCIA.   ¿A mí?
PASCUALA.   Que no, sino el cura.
LAURENCIA.   Soy, aunque polla, muy dura
                 yo para su reverencia.
                 Pardiez, más precio poner,
                 Pascuala de madrugada,
                 un pedazo de lunada [1]
                 al huego para comer,

---

[1] *Lunada,* pernil.

con tanto zalacatón[1]
de una rosca que yo amaso,
y hurtar a mi madre un vaso
del pegado canjilón[2];

y más precio al mediodía
ver la vaca entre las coles,
haciendo mil caracoles
con espumosa armonía;

y concertar, si el camino
me ha llegado a causar pena,
casar una berenjena
con otro tanto tocino;

y después un pasa-tarde,
mientras la cena se aliña,
de una cuerda de mi viña,
que Dios de pedrisco guarde;

y cenar un salpicón
con su aceite y su pimienta,
y irme a la cama contenta,
y al «inducas tentación»

rezalle mis devociones,
que cuantas raposerías,
con su amor y sus porfías,
tienen estos bellacones;

porque todo su cuidado,
después de darnos disgusto,
es anochecer con gusto
y amanecer con enfado.

PASCUALA.   Tienes, Laurencia, razón;
que en dejando de querer,
más ingratos suelen ser
que al villano el gorrión.

En el invierno, que el frío
tiene los campos helados,
decienden de los tejados,
diciéndole «tío, tío»,

hasta llegar a comer
las migajas de la mesa;
mas luego que el frío cesa,
y el campo ven florecer,

---

[1] *Zalacatón*, trozo de pan.
[2] *Canjilón*, vasija untada de pez.

no bajan diciendo «tío»,
del beneficio olvidados,
mas saltando en los tejados,
dicen: «judío, judío».
    Pues tales los hombres son:
cuando nos han menester
somos su vida, su ser,
su alma, su corazón;
    pero pasadas las ascuas,
las tías somos judías,
y en vez de llamarnos tías,
anda el nombre de las pascuas.

LAURENCIA.   No fiarse de ninguno.
PASCUALA.   Lo mismo digo, Laurencia.

Salen MENGO, BARRILDO *y* FRONDOSO

FRONDOSO.   En aquesta diferencia
andas, Barrildo, importuno.
BARRILDO.   A lo menos aquí está
quien nos dirá lo más cierto.
MENGO.   Pues hagamos un concierto
antes que lleguéis allá,
    y es, que si juzgan por mí,
me dé cada cual la prenda,
precio de aquesta contienda.
BARRILDO.   Desde aquí digo que sí.
    Mas si pierdes, ¿qué darás?
MENGO.   Daré mi rabel de boj,
que vale más que una troj,
porque yo le estimo en más.
BARRILDO.   Soy contento.
FRONDOSO.   Pues lleguemos.
Dios os guarde, hermosas damas.
LAURENCIA.   ¿Damas, Frondoso, nos llamas?
FRONDOSO.   Andar al uso queremos:
    al bachiller, licenciado;
al ciego, tuerto; al bisojo,
bizco; resentido, al cojo,
y buen hombre al descuidado.
    Al ignorante, sesudo;
al mal galán, soldadesca;

a la boca grande, fresca,
y al ojo pequeño, agudo.
    Al pleitista, diligente;
gracioso, al entremetido;
al hablador, entendido,
y al insufrible, valiente.
    Al cobarde, para poco;
al atrevido, bizarro;
compañero, al que es un jarro,
y desenfadado, al loco.
    Gravedad, al descontento;
a la calva, autoridad;
donaire, a la necedad,
y al pie grande, buen cimiento.
    Al buboso, resfriado;
comedido, al arrogante;
al ingenioso, constante;
al corcovado, cargado.
    Esto al llamaros imito,
damas, sin pasar de aquí;
porque fuera hablar así
proceder en infinito.

LAURENCIA.   Allá, en la ciudad, Frondoso,
llámase por cortesía
de esa suerte; y a fe mía,
que hay otro más riguroso
    y peor vocabulario
en las lenguas descorteses.
FRONDOSO.   Quería que lo dijeses.
LAURENCIA.   Es todo a esotro contrario:
    al hombre grave, enfadoso;
venturoso, al descompuesto;
melancólico, al compuesto,
y al que reprehende, odioso.
    Importuno, al que aconseja;
al liberal, moscatel;
al justiciero, cruel,
y al que es piadoso, madeja.
    Al que es constante, villano;
al que es cortés, lisonjero;
hipócrita, al limosnero,
y pretendiente, al cristiano.

Al justo mérito, dicha;
a la verdad, imprudencia;
cobardía, a la paciencia,
y culpa, a lo que es desdicha.
    Necia, a la mujer honesta;
mal hecha, a la hermosa y casta,
y a la honrada... Pero basta;
que esto basta por respuesta.

MENGO.	Digo que eres el dimuño.
BARRILDO.	Soncas[1] que lo dice mal.
MENGO.	Apostaré que la sal
	la echó el cura con el puño.
LAURENCIA.	¿Qué contienda os ha traído
	si no es que mal lo entendí?
RONDOSO.	Oye, por tu vida.
LAURENCIA.	Di.
RONDOSO.	Préstame, Laurencia, oído.
LAURENCIA.	Como prestado, y aun dado.
	Desde agora os doy el mío.
RONDOSO.	En tu discreción confío.
LAURENCIA.	¿Qué es lo que habéis apostado?
RONDOSO.	Yo y Barrildo contra Mengo.
LAURENCIA.	¿Qué dice Mengo?
BARRILDO.	Una cosa
	que, siendo cierta y forzosa,
	la niega.
MENGO.	A negarla vengo
	porque yo sé que es verdad.
LAURENCIA.	¿Qué dice?
BARRILDO.	Que no hay amor.
LAURENCIA.	Generalmente, es rigor.
BARRILDO.	Es rigor y es necedad.
	Sin amor, no se pudiera
	ni aun el mundo conservar.
MENGO.	Yo no sé filosofar;
	leer, ¡ojalá supiera!
	Pero si los elementos
	en discordia eterna viven,
	y de los mismos reciben
	nuestros cuerpos alimentos,

---

[1] *Soncas*, a fe, en verdad.

	cólera y melancolía,
	flema y sangre, claro está.
BARRILDO.	El mundo de acá y de allá,
	Mengo, todo es armonía.
	Armonía es puro amor,
	porque el amor es concierto.
MENGO.	Del natural, os advierto
	que yo no niego el valor.
	Amor hay, y el que entre sí
	gobierna todas las cosas,
	correspondencias forzosas
	de cuanto se mira aquí;
	y yo jamás he negado
	que cada cual tiene amor
	correspondiente a su humor,
	que le conserva en su estado.
	Mi mano al golpe que viene
	mi cara defenderá;
	mi pie, huyendo, estorbará
	el daño que el cuerpo tiene.
	Cerraránse mis pestañas
	si al ojo le viene mal,
	porque es amor natural.
PASCUALA.	Pues ¿de qué nos desengañas?
MENGO.	De que nadie tiene amor
	más que a su misma persona.
PASCUALA.	Tú mientes. Mengo, y perdona;
	porque ¿es mentira el rigor
	con que un hombre a una mujer,
	o un animal quiere y ama
	su semejante?
MENGO.	Eso llama
	amor propio, y no querer.
	¿Qué es amor?
LAURENCIA.	Es un deseo
	de hermosura.
MENGO.	Esa hermosura
	¿por qué el amor la procura?
LAURENCIA.	Para gozarla.
MENGO.	Eso creo.
	Pues ese gusto que intenta,
	¿no es para él mismo?

LAURENCIA. Es así.
MENGO. Luego, ¿por quererse a sí
busca el bien que le contenta?
LAURENCIA. Es verdad.
MENGO. Pues de ese modo
no hay amor, sino el que digo,
que por mi gusto le sigo,
y quiero dármele en todo.
BARRILDO. Dijo el cura del lugar
cierto día en el sermón
que había cierto Platón
que nos enseñaba a amar;
que éste amaba el alma sola
y la virtud de lo amado.
PASCUALA. En materia habéis entrado
que, por ventura, acrisola
los caletres de los sabios
en sus cademias y escuelas.
LAURENCIA. Muy bien dice, y no te muelas,
en persuadir sus agravios.
Da gracia, Mengo, a los cielos,
que te hicieron sin amor.
MENGO. ¿Amas tú?
LAURENCIA. Mi propio honor.
FRONDOSO. Dios te castigue con celos.
BARRILDO. ¿Quién gana?
PASCUALA. Con la quistión
podéis ir al sacristán,
porque él o el cura os darán
bastante satisfación.
Laurencia no quiere bien,
yo tengo poca experiencia.
¿Cómo daremos sentencia?
FRONDOSO. ¿Qué mayor que ese desdén?

Sale FLORES

FLORES. Dios guarde a la buena gente.
PASCUALA. Éste es del comendador
criado.
LAURENCIA. ¡Gentil azor!
¿De adónde bueno, pariente?
FLORES. ¿No me veis a lo soldado?

LAURENCIA.   ¿Viene don Fernando acá?
FLORES.   La guerra se acaba ya,
               puesto que nos ha costado
                  alguna sangre y amigos.
FRONDOSO.   Contadnos cómo pasó.
FLORES.   ¿Quién lo dirá como yo,
               siendo mis ojos testigos?
                  Para emprender la jornada
               de esta ciudad, que ya tiene
               nombre de Ciudad Real,
               juntó el gallardo maestre
               dos mil lucidos infantes
               de sus vasallos valientes
               y trecientos de a caballo
               de seglares y de frailes[1];
               porque la cruz roja obliga
               cuantos al pecho la tienen,
               aunque sean de orden sacro;
               mas contra moros, se entiende.
               Salió el muchacho bizarro
               con una casaca verde,
               bordada de cifras de oro,
               que sólo los brazaletes
               por las mangas descubrían,
               que seis alamares prenden.
               Un corpulento bridón,
               rucio rodado, que al Betis
               bebió el agua, y en su orilla
               despuntó la grama fértil;
               el codón labrado en cintas
               de ante, y el rizo copete
               cogido en blancas lazadas,
               que con las moscas de nieve
               que bañan la blanca piel
               iguales labores teje.
               A su lado Fernán Gómez,
               vuestro señor, en un fuerte
               melado, de negros cabos,
               puesto que con blanco bebe.
               Sobre turca jacerina,

_____
[1] El asonante pide *freiles*.

peto y espaldar luciente,
con naranjada las saca (?),
que de oro y perlas guarnece.
El morrión, que coronado
con blancas plumas, parece
que del color naranjado
aquellos azares vierte;
ceñida al brazo una liga
roja y blanca, con que mueve
un fresno entero por lanza,
que hasta en Granada le temen.
La ciudad se puso en arma;
dicen que salir no quieren
de la corona real,
y el patrimonio defienden.
Entróla bien resistida,
y el maestre a los rebeldes
y a los que entonces trataron
su honor injuriosamente,
mandó cortar las cabezas,
y a los de la baja plebe,
con mordazas en la boca,
azotar públicamente.
Queda en ella tan temido
y tan amado, que creen
que quien en tan pocos años
pelea, castiga y vence,
ha de ser en otra edad
rayo del África fértil,
que tantas lunas azules
a su roja cruz sujete.
Al comendador y a todos
ha hecho tantas mercedes,
que el saco de la ciudad
el de su hacienda parece.
Mas ya la música suena:
recibilde alegremente,
que al triunfo, las voluntades,
son los mejores laureles.

Manuel Dicenta, extraordinario alcalde Esteban, de «Fuente Ovejuna»

Foto Gyenes

Salen el COMENDADOR *y* ORTUÑO; MÚSICOS; JUAN ROJO, ESTEBAN,
y ALONSO, *alcaldes*

(Cantan)

> Sea bien venido
> el comendadore
> de rendir las tierras
> y matar los hombres.
> ¡Vivan los Guzmanes!
> ¡Vivan los Girones!
> Si en las paces blando,
> dulce en las razones.
> Venciendo moriscos,
> fuertes como un roble,
> de Ciudad-Reale
> viene vencedore;
> que a Fuente Ovejuna
> trae los sus pendones.
> ¡Viva muchos años,
> viva Fernán Gómez!

COMENDADOR.   Villa, yo os agradezco justamente
              el amor que me habéis aquí mostrado.
ALONSO.   Aun no muestra una parte del que siente.
              Pero ¿qué mucho que seáis amado,
              mereciéndolo vos?
ESTEBAN.   Fuente Ovejuna
              y el regimiento que hoy habéis honrado,
              que recibáis os ruega y importuna
              un pequeño presente, que esos carros
              traen, señor, no sin vergüenza alguna,
              de voluntades y árboles bizarros,
              más que de ricos dones. Lo primero
              traen dos cestas de polidos barros;
              de gansos viene un ganadillo entero,
              que sacan por las redes las cabezas,
              para cantar vueso valor guerrero.
              Diez cebones en sal, valientes piezas,
              sin otras menudencias y cecinas;
              y, más que guantes de ámbar, sus cortezas.
              Cien pares de capones y gallinas,

que han dejado viudos a sus gallos
en las aldeas que miráis vecinas.
  Acá no tienen armas ni caballos
no jaeces bordados de oro puro,
si no es oro el amor de los vasallos.
  Y porque digo puro, os aseguro
que vienen doce cueros, que aun en cueros
por enero podéis guardar un muro,
  si de ellos aforráis vuestros guerreros,
mejor que de las armas aceradas;
que el vino suele dar lindos aceros.
  De quesos y otras cosas no excusadas
no quiero daros cuenta: justo pecho
de voluntades que tenéis ganadas;
y a vos y a vuestra casa, buen provecho.

COMENDADOR. Estoy muy agradecido.
  Id, regimiento, en buen hora.

ALONSO. Descansad, señor, agora,
y seáis muy bien venido;
  que esta espadaña que veis
y juncia a vuestros umbrales,
fueran perlas orientales,
y mucho más merecéis,
  a ser posible a la villa.

COMENDADOR. Así lo creo señores.
  Id con Dios.

ESTEBAN.   Ea, cantores,
vaya otra vez la letrilla.

(Cantan)

Sea bien venido
el comendadore
de rendir las tierras
y matar los hombres.

Vanse

COMENDADOR. Esperad vosotras dos.
LAURENCIA. ¿Qué manda su señoría?
COMENDADOR. ¡Desdenes el otro día,
pues, conmigo! ¡Bien, por Dios!
LAURENCIA. ¿Habla contigo, Pascuala?

PASCUALA.	Conmigo no, tirte ahuera[1].
COMENDADOR.	Con vos hablo, hermosa fiera,
	y con esotra zagala.
	¿Mías no sois?
PASCUALA.	Sí, señor;
	mas no para casos tales.
COMENDADOR.	Entrad, pasad los umbrales;
	hombres hay, no hayáis temor.
LAURENCIA.	Si los alcaldes entraran
	(que de uno soy hija yo),
	bien fuera entrar, mas si no...
COMENDADOR.	Flores...
FLORES.	Señor...
COMENDADOR.	¿Qué reparan
	en no hacer lo que les digo?
FLORES.	Entra, pues.
LAURENCIA.	No nos agarre.
FLORES.	Entrad; que sois necias.
PASCUALA.	Arre;
	que echaréis luego el postigo.
FLORES.	Entrad, que os quiere enseñar
	lo que trae de la guerra.
COMENDADOR.	(Aparte a ORTUÑO.)
	Si entraren, Ortuño, cierra.
LAURENCIA.	Flores, dejadnos pasar.
ORTUÑO.	¿También venís presentadas
	con lo demás?
PASCUALA.	¡Bien a fe!
	Desvíese, no le dé...
FLORES.	Basta; que son extremadas.
LAURENCIA.	¿No basta a vueso señor
	tanta carne presentada?
ORTUÑO.	La vuestra es la que le agrada.
LAURENCIA.	Reviente de mal dolor.

Vanse

FLORES.	¡Muy buen recado llevamos!
	No se ha de poder sufrir

---

[1] *Tirte ahuera*, ¡anda allá!

lo que nos ha de decir
cuando sin ellas nos vamos.

ORTUÑO.   Quien sirve se obliga a esto.
Si en algo desea medrar,
o con paciencia ha de estar,
o ha de despedirse de presto.

Vanse los dos, y salen el REY DON FERNANDO, *la* REINA
DOÑA ISABEL, MANRIQUE *y acompañamiento*

ISABEL.   Digo, señor, que conviene
el no haber descuido en esto,
por ver a Alfonso en tal puesto,
y tu ejército previene.
       Y es bien ganar por la mano
antes que el daño veamos;
que si no lo remediamos,
el ser muy cierto está llano.

REY.   De Navarra y de Aragón
está el socorro seguro,
y de Castilla procuro
hacer la reformación
       de modo, que el buen suceso
con la prevención se vea.

ISABEL.   Pues vuestra majestad crea
que el buen fin consiste en esto.

MANRIQUE.   Aguardando tu licencia
dos regidores están.
de Ciudad Real: ¿entrarán?

REY.   No les nieguen mi presencia.

Salen dos REGIDORES *de Ciudad Real*

REGIDOR 1.º   Católico rey Fernando,
a quien ha enviado el cielo,
desde Aragón a Castilla,
para bien y amparo nuestro:
en nombre de Ciudad Real
a vuestro valor supremo
humildes nos presentamos,
real amparo pidiendo.
A mucha dicha tuvimos
tener títulos de vuestros;

pero pudo derribarnos
deste honor el hado adverso.
El famoso don Rodrigo
Téllez Girón, cuyo esfuerzo
es en valor extremado,
aunque es en la edad tan tierno,
maestre de Calatrava,
él ensanchar pretendiendo
el honor de la encomienda,
nos puso apretado cerco.
Con valor nos prevenimos,
a su fuerza resistiendo,
tanto, que arroyos corrían
de la sangre de los muertos.
Tomó posesión, en fin,
pero no llegara a hacerlo,
a no le dar Fernán Gómez
orden, ayuda y consejo.
Él queda en la posesión,
y sus vasallos seremos,
suyos, a nuestro pesar,
a no remediarlo presto.

REY.   ¿Dónde queda Fernán Gómez?
REGIDOR 1.º   En Fuente Ovejuna creo,
por ser su villa, y tener
en ella casa y asiento.
Allí, con más libertad
de la que decir podemos,
tiene a los súbditos suyos
de todo contento ajenos.

REY.   ¿Tenéis algún capitán?
REGIDOR 2.º   Señor, el no haberle es cierto,
pues no escapó ningún noble
de preso, herido o de muerto.

ISABEL.   Ese caso no requiere
ser despacio remediado;
que es dar al contrario osado
el mismo valor que adquiere;
      y puede el de Portugal,
hallando puerta segura,
entrar por Extremadura
y causarnos mucho mal.

REY.   Don Manrique, partid luego,
                llevando dos compañías;
                remediad sus demasías,
                sin darles ningún sosiego.
                   El conde de Cabra ir puede
                con vos; que es Córdoba osado,
                a quien nombre de soldado
                todo el mundo le concede;
                   que éste es el medio mejor
                que la ocasión nos ofrece.

MANRIQUE.   El acuerdo me parece
                como de tan gran valor.
                   Pondré límite a su exceso,
                si el vivir en mí no cesa.

ISABEL.   Partiendo vos a la empresa,
                seguro está el buen suceso.

         Vanse todos, y salen LAURENCIA *y* FRONDOSO

LAURENCIA.   A medio torcer los paños,
                quise, atrevido Frondoso,
                para no dar que decir,
                desviarme del arroyo;
                decir a tus demasías
                que murmura el pueblo todo,
                que me miras y te miro,
                y todos nos traen sobre ojo.
                Y como tú eres zagal,
                de los que huellan, brioso,
                y excediendo a los demás,
                vistes bizarro y costoso,
                en todo el lugar no hay moza,
                o mozo en el prado o soto,
                que no se afirme diciendo
                que ya para en uno somos;
                y esperan todos el día
                que el sacristán Juan Chamorro
                nos eche de la tribuna,
                en dejando los piporros[1].
                Y mejor sus trojes vean
                de rubio trigo en agosto

---

[1] Instrumento musical llamado también bajón.

                    atestadas y colmadas,
                    y sus tinajas de mosto,
                    que tal imaginación
                    me ha llegado a dar enojo:
                    ni me desvela ni aflige,
                    ni en ella el cuidado pongo.
FRONDOSO.   Tal me tienen tus desdenes,
                    bella Laurencia, que tomo,
                    en el peligro de verte,
                    la vida, cuando te oigo.
                    Si sabes que es mi intención
                    el desear ser tu esposo,
                    mal premio das a mi fe.
LAURENCIA.   Es que yo no sé dar otro.
FRONDOSO.   ¿Posible es que no te duelas
                    de verme tan cuidadoso
                    y que imaginando en ti,
                    ni bebo, duermo ni como?
                    ¿Posible es tanto rigor
                    en ese angélico rostro?
                    ¡Viven los cielos que rabio!
LAURENCIA.   Pues salúdate[1], Frondoso.
FRONDOSO.   Ya te pido yo salud,
                    y que ambos, como palomos,
                    estemos, juntos los picos,
                    con arrullos sonorosos,
                    después de darnos la Iglesia...
LAURENCIA.   Dilo a mi tío Juan Rojo;
                    que aunque no te quiero bien,
                    ya tengo algunos asomos.
FRONDOSO.   ¡Ay de mí! El señor es éste.
LAURENCIA.   Tirando viene a algún corzo.
                    Escóndete en esas ramas.
FRONDOSO.   ¡Y con qué celos me escondo!

                    Sale el COMENDADOR

COMENDADOR.   No es malo venir siguiendo
                    un corcillo temeroso,
                    y topar tan bella gama.

---

[1] Ir al Saludador, que, según la superstición popular, curaba la rabia.

LAURENCIA.   Aquí descansaba un poco
                de haber lavado unos paños;
                y así, al arroyo me torno,
                si manda su señoría.
COMENDADOR.   Aquesos desdenes toscos
                afrentan, bella Laurencia,
                las gracias que el poderoso
                cielo te dio, de tal suerte,
                que vienes a ser un monstruo.
                Mas si otras veces pudiste
                huir mi ruego amaroso,
                agora no quiere el campo,
                amigo secreto y solo;
                que tú sola no has de ser
                tan soberbia que tu rostro
                huyas al señor que tienes,
                teniéndome a mí en tan poco.
                ¿No se rindió Sebastiana,
                mujer de Pedro Redondo,
                con ser casadas entrambas,
                y la de Martín del Pozo,
                habiendo apenas pasado
                dos días del desposorio?
LAURENCIA.   Ésas, señor, ya tenían,
                de haber andado con otros,
                el camino de agradaros,
                porque también muchos mozos
                merecieron sus favores.
                Id con Dios, tras vueso corzo;
                que a no veros con la cruz,
                os tuviera por demonio,
                pues tanto me perseguís.
COMENDADOR.   ¡Qué estilo tan enfadoso!
                Pongo la ballesta en tierra,
                y a la práctica de manos
                reduzco melindres.
LAURENCIA.   ¡Cómo!
                ¿Eso hacéis? ¿Estáis en vos?

Sale FRONDOSO *y toma la ballesta*

COMENDADOR. No te defiendas.
FRONDOSO.   *(Aparte.)*   Si tomo
     la ballesta, ¡vive el cielo
     que no la ponga en el hombro!
COMENDADOR. Acaba, ríndete.
LAURENCIA.   ¡Cielos,
     ayudadme agora!
COMENDADOR.   Solos
     estamos; no tengas miedo.
FRONDOSO. Comendador generoso,
     dejad la moza, o creed
     que de mi agravio y enojo
     será blanco vuestro pecho,
     aunque la cruz me da asombro.
COMENDADOR. ¡Perro, villano!...
FRONDOSO.   No hay perro.
     Huye, Laurencia.
LAURENCIA.   Frondoso,
     mira lo que haces.
FRONDOSO.   Vete.

Vase

COMENDADOR. ¡Oh; mal haya el hombre loco,
     que se desciñe la espada!
     que, de no espantar medroso
     la caza, me la quité.
FRONDOSO. Pues, pardiez, señor, si toco
     la nuez[1], que os he de apiolar.
COMENDADOR. Ya es ida. Infame, alevoso,
     suelta la ballesta luego.
     Suéltala, villano.
FRONDOSO.   ¿Cómo?
     Que me quitaréis la vida.
     Y advertid que amor es sordo,
     y que no escucha palabras
     el día que está en su trono.

---

[1] Botón con que se disparaba la ballesta.

COMENDADOR.   Pues ¿la espalda ha de volver
               un hombre tan valeroso
               a un villano? Tira, infame,
               tira y guárdate; que rompo
               las leyes de caballero.
FRONDOSO.   Eso no. Yo me conformo
               con mi estado, y pues me es
               guardar la vida forzoso,
               con la ballesta me voy.
COMENDADOR.   ¡Peligro extraño y notorio!
               Mas yo tomaré venganza
               del agravio y del estorbo.
               ¡Que no cerrara con él!
               ¡Vive el cielo, que me corro!

ACTO SEGUNDO

Salen ESTEBAN *y el* REGIDOR

ESTEBAN.   Así tenga salud, como parece,
que no se saque más agora el pósito.
El año apunta mal, y el tiempo crece,
y es mejor que el sustento esté en depósito,
aunque lo contradicen más de trece.

REGIDOR.   Yo siempre he sido, al fin, de este propósito,
en gobernar en paz esta república.

ESTEBAN.   Hagamos de ello a Fernán Gómez súplica.
            No se puede sufrir que estos astrólogos
en las cosas futuras ignorantes,
nos quieran persuadir con largos prólogos
los secretos a Dios sólo importantes.
¡Bueno es que, presumiendo de teólogos,
hagan un tiempo el que después y antes!
Y pidiendo el presente lo importante,
al más sabio veréis más ignorante.
            ¿Tienen ellos las nubes en su casa
y el proceder de las celestes lumbres?
¿Por dónde ven lo que en el cielo pasa,
para darnos con ello pesadumbres?
Ellos en el sembrar nos ponen tasa:
daca el trigo, cebada y las legumbres,
calabazas, pepinos y mostazas...
Ellos son, a la fe, las calabazas.
            Luego cuentan que muere una cabeza,
y después viene a ser en Transilvania;
que el vino será poco, y la cerveza
sobrará por las partes de Alemania;
que se helará en Gascuña la cereza,
y que habrá muchos tigres en Hircania.

Y al cabo, al cabo, se siembre o no se siembre
el año se remata por diciembre.

Salen el licenciado LEONELO *y* BARRILDO

LEONELO.   A fe que no ganéis la palmatoria,
porque ya está ocupado el mentidero.
BARRILDO.   ¿Cómo os fue en Salamanca
LEONELO.   Es larga historia.
BARRILDO.   Un Bártulo seréis.
LEONELO.   Ni aun un barbero.
Es, como digo, cosa muy notoria,
en esta facultad lo que os refiero.
BARRILDO.   Sin duda que venís buen estudiante.
LEONELO.   Saber he procurado lo importante.
BARRILDO.   Después que vemos tanto libro impreso,
no hay nadie que de sabio no presuma.
LEONELO.   Antes que ignoran más siento por eso
por no se reducir a breve suma;
porque la confusión, con el exceso,
los intentos resuelve en vana espuma;
y aquel que de leer tiene más uso,
de ver letreros sólo está confuso.
    No niego yo que de imprimir el arte
mil ingenios sacó de entre la jerga,
y que parece que en sagrada parte
sus obras guarda y contra el tiempo alberga;
éste las distribuye y las reparte.
Débese esta invención a Gutemberga,
un famoso tudesco de Maguncia,
en quien la fama su valor renuncia.
    Mas muchos que opinión tuvieron grave,
por imprimir sus obras la perdieron;
tras esto, con el nombre del que sabe,
muchos sus ignorancias imprimieron.
Otros, en quien la baja envidia cabe,
sus locos desatinos escribieron,
y con nombre de aquel que aborrecían,
impresos por el mundo los envían.
BARRILDO.   No soy de esa opinión.
LEONELO.   El ignorante
es justo que se vengue del letrado.

BARRILDO.   Leonelo, la impresión es importante.
LEONELO.   Sin ella muchos siglos se han pasado,
                y no vemos que en éste se levante
                . . . . [1]
                un Jerónimo santo, un Agustino.
BARRILDO.   Dejadlo y asentaos, que estáis mohíno.

Salen JUAN ROJO *y otro labrador*

JUAN ROJO.   No hay en cuatro haciendas para un dote,
                si es que las vistas han de ser al uso;
                que el hombre que es curioso es bien que note
                que en esto el barrio y vulgo anda confuso.
LABRADOR.   ¿Qué hay del comendador? No os alborote.
JUAN ROJO.   ¡Cuál a Laurencia en ese campo puso!
LABRADOR.   ¿Quién fue cual él tan bárbaro y lascivo?
                Colgado le vea yo de aquel olivo.

Salen el COMENDADOR, ORTUÑO *y* FLORES

COMENDADOR.   Dios guarde la buena gente.
REGIDOR.   ¡Oh, señor!
COMENDADOR.   Por vida mía,
                que se estén.
ESTEBAN.   Vusiñoría,
                adonde suele se siente.
                que en pie estaremos muy bien.
COMENDADOR.   Digo que se han de sentar.
ESTEBAN.   De los buenos es honrar,
                que no es posible que den
                honra los que no la tienen.
COMENDADOR.   Siéntense; hablaremos algo.
ESTEBAN.   ¿Vio vusiñoría el galgo?
COMENDADOR.   Alcalde, espantados vienen
                esos criados de ver
                tan notable ligereza.
ESTEBAN.   Es una extremada pieza.
                Pardiez, que puede correr
                al lado de un delincuente
                o de un cobarde en quistión.

---

[1] Falta el sexto verso de la octava. Se ha propuesto el siguiente:
quien alcance a volar lo que han volado.

COMENDADOR.   Quisiera en esta ocasión
         que le hiciérades pariente[2]
           a una liebre que por pies
         por momentos se me va.

ESTEBAN.   Sí haré, por Dios. ¿Dónde está?

COMENDADOR.   Allá vuestra hija es.

ESTEBAN.   ¡Mi hija!

COMENDADOR.   Sí.

ESTEBAN.   Pues ¿es buena
         para alcanzada de vos?

COMENDADOR.   Reñidla, alcalde, por Dios.

ESTEBAN.   ¿Cómo?

COMENDADOR.   Ha dado en darme pena.
        Mujer hay, y principal,
        de alguno que está en la plaza,
        que dio, a la primera traza,
        traza de verme.

ESTEBAN.   Hizo mal;
        y vos, señor, no andáis bien
        en hablar tan libremente.

COMENDADOR.   ¡Oh, qué villano elocuente!
        ¡Ah, Flores!, haz que le den
         la *Política*, en que lea
        de Aristóteles.

ESTEBAN.   Señor,
        debajo de vuestro honor
        vivir el pueblo desea.
        Mirad que en Fuente Ovejuna
        hay gente muy principal.

LEONELO.   ¿Viose desvergüenza igual?

COMENDADOR.   Pues ¿he dicho cosa alguna
        de que os pese, regidor?

REGIDOR 1.º   Lo que decís es injusto;
        no lo digáis, que no es justo
        que nos quitéis el honor.

COMENDADOR.   ¿Vosotros honor tenéis?
        ¡Qué frailes de Calatrava!

REGIDOR 1.º   Alguno acaso se alaba
        de la cruz que le ponéis,

---

[1] *Hacer pariente*, juntar, reunir.

	que no es de sangre tan limpia.
COMENDADOR.	¿Y ensúciola yo juntando la mía a la vuestra?
REGIDOR 1.º	Cuando que el mal más tiñe que alimpia.
COMENDADOR.	De cualquier suerte que sea, vuestras mujeres se honran.
ESTEBAN.	Esas palabras deshonran; las otras, no hay quien las crea.
COMENDADOR.	¡Qué cansado villanaje! ¡Ah! Bien hayan las ciudades; que a hombres de calidades no hay quien sus gustos ataje; allá se precian casados que visiten sus mujeres.
ESTEBAN.	No harán; que con esto quieres que vivamos descuidados. En las ciudades hay Dios, y más presto quien castiga.
COMENDADOR.	Levantaos de aquí.
ESTEBAN.	¿Que diga lo que escucháis por los dos?
COMENDADOR.	Salid de la plaza luego; no quede ninguno aquí.
ESTEBAN.	Ya nos vamos.
COMENDADOR.	Pues no ansí.
FLORES.	Que te reportes te ruego.
COMENDADOR.	Querrían hacer corrillo los villanos en mi ausencia.
ORTUÑO.	Ten un poco de paciencia.
COMENDADOR.	De tanta me maravillo. Cada uno de por sí se vayan hasta sus casas.
LEONELO.	¡Cielo! ¿Que por esto pasas?
ESTEBAN.	Ya yo me voy por aquí.

Vanse

COMENDADOR.	¿Qué os parece de esta gente?
ORTUÑO.	No sabes disimular que no quieres escuchar el disgusto que se siente.

COMENDADOR.	Éstos ¿se igualan conmigo?
FLORES.	Que no es aqueso igualarse.
COMENDADOR.	Y el villano ¿ha de quedarse
	con ballesta y sin castigo?
FLORES.	Anoche pensé que estaba
	a la puerta de Laurencia,
	y a otro, que su presencia
	y su capilla imitaba,
	de oreja a oreja le di
	un beneficio famoso.
COMENDADOR.	¿Dónde estará aquel Frondoso?
FLORES.	Dicen que anda por ahí.
COMENDADOR.	¡Por ahí se atreve a andar
	hombre que matarme quiso!
FLORES.	Como el ave sin aviso,
	o como el pez, viene a dar
	al reclamo o al anzuelo.
COMENDADOR.	¡Que a un capitán cuya espada
	tiemblan Córdoba y Granada,
	un labrador, un mozuelo
	ponga una ballesta al pecho!
	El mundo se acaba, Flores.
FLORES.	Como eso pueden amores.
ORTUÑO.	Y pues que vive, sospecho
	que grande amistad le debes.
COMENDADOR.	Yo he disimulado, Ortuño;
	que si no, de punta a puño,
	antes de dos horas breves,
	pasara todo el lugar;
	que hasta que llegue ocasión
	al freno de la razón
	hago la venganza estar.—
	¿Qué hay de Pascuala?
FLORES.	Responde
	que anda agora por casarse.
COMENDADOR.	¿Hasta allá quiere fiarse?
FLORES.	En fin, te remite donde
	te pagarán de contado.
COMENDADOR.	¿Qué hay de Olalla?
ORTUÑO.	Una graciosa
	respuesta.

COMENDADOR. Es moza briosa.
¿Cómo?
ORTUÑO. Que su desposado
anda tras ella estos días
celoso de mis recados,
y de que con tus criados
a visitalla venías;
pero que si se descuida,
entrarás como primero.
COMENDADOR. ¡Bueno, a fe de caballero!
Pero el villanejo cuida...
ORTUÑO. Cuida, y anda por los aires.
COMENDADOR. ¿Qué hay de Inés?
FLORES. ¿Cuál?
COMENDADOR. La de Antón.
FLORES. Para cualquier ocasión
ya ha ofrecido sus donaires.
Háblala por el corral,
por donde has de entrar si quieres.
COMENDADOR. A las fáciles mujeres
quiero bien y pago mal.
Si éstas supiesen, ¡oh Flores!,
estimarse en lo que valen...
FLORES. No hay disgustos que se igualen
a contrastar sus favores.
Rendirse presto desdice
de la esperanza del bien;
mas hay mujeres también,
porque el filósofo dice
que apetecen a los hombres
como la forma desea
la materia; y que esto sea
así, no hay de que te asombres.
COMENDADOR. Un hombre de amores loco
huélgase que a su accidente
se le rindan fácilmente,
mas después las tiene en poco,
y el camino de olvidar
al hombre más obligado
es haber poco costado
lo que pudo desear.

Sale CIMBRANOS

CIMBRANOS.	¿Está aquí el Comendador?
ORTUÑO.	¿No le ves en tu presencia?
CIMBRANOS.	¡Oh, gallardo Fernán Gómez!

Trueca la verde montera
en el blanco morrïón
y el gabán en armas nuevas,
que el maestre de Santiago
y el conde de Cabra cercan
a don Rodrigo Girón,
por la castellana reina,
en Ciudad Real; de suerte
que no es mucho que se pierda
lo que en Calatrava sabes
que tanta sangre le cuesta.
Ya divisan con las luces,
desde las altas almenas,
los castillos y leones
y barras aragonesas.
Y aunque el rey de Portugal
honrar a Girón quisiera,
no hará poco en que el maestre
a Almagro con vida vuelva.
Ponte a caballo, señor;
que sólo con que te vean,
se volverán a Castilla.

COMENDADOR.   No prosigas; tente, espera.—
Haz, Ortuño, que en la plaza
toquen luego una trompeta.
¿Qué soldados tengo aquí?

ORTUÑO.   Pienso que tienes cincuenta.

COMENDADOR.   Pónganse a caballo todos.

CIMBRANOS.   Si no caminas apriesa,
Ciudad Real es del rey.

COMENDADOR.   No hayas miedo que lo sea.

Vanse, y salen MENGO, LAURENCIA *y* PASCUALA *huyendo*

PASCUALA.   No te apartes de nosotras.

MENGO.   Pues ¿a qué tenéis temor?

LAURENCIA.   Mengo, a la villa es mejor
que vamos unas con otras

	(pues no hay hombre ninguno),
	por que no demos con él.
MENGO.	¡Que este demonio cruel
	no sea tan importuno!
LAURENCIA.	No nos deja a sol ni a sombra.
MENGO.	¡Oh! Rayo del cielo baje,
	que sus locuras ataje.
LAURENCIA.	Sangrienta fiera le nombra;
	arsénico y pestilencia
	del lugar.
MENGO.	Hanme contado
	que Frondoso, aquí en el prado,
	para librarte, Laurencia,
	le puso al pecho una jara.
LAURENCIA.	Los hombres aborrecía,
	Mengo; mas desde aquel día
	los miro con otra cara.
	¡Gran valor tuvo Frondoso!
	Pienso que le ha de costar
	la vida.
MENGO.	Que del lugar
	se vaya, será forzoso.
LAURENCIA.	Aunque ya le quiero bien,
	eso mismo le aconsejo;
	mas recibe mi consejo
	con ira, rabia y desdén;
	y jura el comendador
	que le ha de colgar de un pie.
PASCUALA.	¡Mal garrotillo le dé!
MENGO.	Mala pedrada es mejor.
	¡Voto al sol, si le tirara
	con la que llevo al apero,
	que al sonar el crujidero,
	al casco se la encajara!
	No fue Sábalo, el romano,
	tan vicioso por jamás.
LAURENCIA.	Heliogábalo dirás,
	más que una fiera inhumano.
MENGO.	Pero Galván, o quién fue,
	que yo no entiendo de historia;
	mas su cativa memoria
	vencida de éste se ve.

¿Hay hombre en naturaleza
como Fernán Gómez?

PASCUALA.   No;
que parece que le dio
de una tigre la aspereza.

Sale JACINTA

JACINTA.   Dadme socorro, por Dios,
si la amistad os obliga.
LAURENCIA.   ¿Qué es esto, Jacinta amiga?
PASCUALA.   Tuyas lo somos las dos.
JACINTA.   Del comendador criados,
que van a Ciudad Real,
más de infamia natural
que de noble acero armados,
       me quieren llevar a él.
LAURENCIA.   Pues Jacinta, Dios te libre;
que cuando contigo es libre,
conmigo será cruel.

Vase

PASCUALA.   Jacinta, yo no soy hombre
que te puedo defender.

Vase

MENGO.   Yo sí lo tengo de ser,
porque tengo el ser y el nombre.
       Llégate, Jacinta, a mí.
JACINTA.   ¿Tienes armas?
MENGO.   Las primeras
del mundo.
JACINTA.   ¡Oh, si las tuvieras!
MENGO.   Piedras hay, Jacinta, aquí.

Salen FLORES *y* ORTUÑO

FLORES.   ¿Por los pies pensabas irte?
JACINTA.   Mengo, ¡muerta soy!
MENGO.   Señores...
¡A estos pobres labradores!...

ORTUÑO.	Pues ¿tú quieres persuadirte a defender la mujer?
MENGO.	Con los ruegos la defiendo; que soy su deudo y pretendo guardalle, si puede ser.
FLORES.	Quitadle luego la vida.
MENGO.	¡Voto al sol, si me emberrincho, y el cáñamo me descincho, que la llevéis bien vendida!

Salen el COMENDADOR *y* CIMBRANOS

COMENDADOR.	¿Qué es eso? ¡A cosas tan viles me habéis de hacer apear!
FLORES.	Gente de este vil lugar (que ya es razón que aniquiles, pues en nada te da gusto) a nuestras armas se atreve.
MENGO.	Señor, si piedad os mueve de suceso tan injusto, castigad estos soldados, que con vuestro nombre agora roban una labradora a esposo y padres honrados; y dadme licencia a mí que me la pueda llevar.
COMENDADOR.	Licencia les quiero dar... para vengarse de ti. Suelta la honda.
MENGO.	¡Señor!...
COMENDADOR.	Flores, Ortuño, Cimbranos, con ella le atad las manos.
MENGO.	¿Así volvéis por su honor?
COMENDADOR.	¿Qué piensan Fuente Ovejuna y sus villanos de mí?
MENGO.	Señor, ¿en qué os ofendí, ni el pueblo en cosa ninguna?
FLORES.	¿Ha de morir?
COMENDADOR.	No ensuciéis las armas, que habéis de honrar en otro mejor lugar.
ORTUÑO.	¿Qué mandas?

COMENDADOR.	Que lo azotéis. Llevadle, y en ese roble le atad y le desnudad, y con las riendas...
MENGO.	¡Piedad! ¡Piedad, pues sois hombre noble!
COMENDADOR.	Azotadle hasta que salten los hierros de las correas.
MENGO.	¡Cielos! ¿A hazañas tan feas queréis que castigos falten?

Vanse

COMENDADOR.	Tú, villana, ¿por qué huyes? ¿Es mejor un labrador que un hombre de mi valor?
JACINTA.	¡Harto bien me restituyes el honor que me han quitado en llevarme para ti!
COMENDADOR.	¿En quererte llevar?
JACINTA.	Sí; porque tengo un padre honrado, que si en alto nacimiento no te iguala, en las costumbres te vence.
COMENDADOR.	Las pesadumbres y el villano atrevimiento no tiemplan bien un airado. Tira por ahí.
JACINTA.	¿Con quién?
COMENDADOR.	Conmigo.
JACINTA.	Míralo bien.
COMENDADOR.	Para tu mal lo he mirado. Ya no mía, del bagaje del ejército has de ser.
JACINTA.	No tiene el mundo poder para hacerme, viva, ultraje.
COMENDADOR.	Ea, villana, camina.
JACINTA.	¡Piedad, señor!
COMENDADOR.	No hay piedad.
JACINTA.	Apelo de tu crueldad a la justicia divina.

Llévanla y vanse, y salen LAURENCIA *y* FRONDOSO

LAURENCIA.   ¿Cómo así a venir te atreves,
sin temer tu daño?
FRONDOSO.   Ha sido
dar testimonio cumplido
de la afición que me debes.
          Desde aquel recuesto vi
salir al comendador,
y fiado en tu valor,
todo mi temor perdí.
          Vaya donde no le vean
volver.
LAURENCIA.   Tente en maldecir,
porque suele más vivir
al que la muerte desean.
FRONDOSO.   Si es eso, viva mil años,
y así se hará todo bien,
pues deseándole bien
estarán ciertos sus daños.
          Laurencia, deseo saber
si vive en ti mi cuidado,
y si mi lealtad ha hallado
el puerto de merecer.
          Mira que toda la villa
ya para en uno nos tiene;
y de cómo a ser no viene,
la villa se maravilla.
          Los desdeñosos extremos
deja, y responde no o sí.
LAURENCIA. Pues a la villa y a ti
respondo que lo seremos.
FRONDOSO.   Deja que tus plantas bese
por la merced recibida,
pues el cobrar nueva vida
por ella es bien que confiese.
LAURENCIA.   De cumplimientos acorta;
y para que mejor cuadre,
habla, Frondoso, a mi padre,
pues es lo que más importa,
          que allí viene con mi tío;
y fía que ha de tener

	ser, Frondoso, tu mujer,
	buen suceso.
FRONDOSO.	En Dios confío.

Escóndese, y salen ESTEBAN *y el* REGIDOR

ESTEBAN.   Fue su término de modo,
que la plaza alborotó:
en efecto, procedió
muy descomedido en todo.
    No hay a quien admiración
sus demasías no den;
la pobre Jacinta es quien
pierde por su sinrazón.
    Ya a los Católicos Reyes,
que este nombre les dan ya,
presto España les dará
la obediencia de sus leyes.
    Ya sobre Ciudad Real,
contra el Girón que la tiene,
Santiago a caballo viene
por capitán general.

REGIDOR.   Pésame; que era Jacinta
doncella de buena pro.

ESTEBAN.   Luego a Mengo le azotó.

REGIDOR.   No hay negra bayeta o tinta
como sus carnes están.

ESTEBAN.   Callad; que me siento arder,
viendo su mal proceder,
y el mal nombre que le dan.
    Yo ¿para qué traigo aquí
este palo sin provecho?

REGIDOR.   Si sus criados lo han hecho,
¿de qué os afligís ansí?

ESTEBAN.   ¿Queréis más, que me contaron
que a la de Pedro Redondo
un día, que en lo más hondo
de este valle la encontraron,
    después de sus insolencias,
a sus criados la dio?

REGIDOR.   Aquí hay gente: ¿quién es?

FRONDOSO.   Yo,
que espero vuestras licencias.

REGIDOR.   Para mi casa, Frondoso,
licencia no es menester;
debes a tu padre el ser,
y a mí otro ser amoroso.
  Hete criado, y te quiero
como a hijo.

FRONDOSO.   Pues señor,
fiado en aquese amor,
de ti una merced espero.
  Ya sabes de quién soy hijo.

ESTEBAN. ¿Hate agraviado ese loco
de Fernán Gómez?

FRONDOSO.   No poco.

ESTEBAN. El corazón me lo dijo.

FRONDOSO. Pues señor, con el seguro
del amor que habéis mostrado,
de Laurencia enamorado,
el ser su esposo procuro.
  Perdona si en el pedir
mi lengua se ha adelantado;
que he sido en decirlo osado
como otro lo ha de decir.

ESTEBAN. Vienes, Frondoso, a ocasión
que me alargarás la vida
por la cosa más temida
que siente mi corazón.
  Agradezco, hijo, al cielo,
que así vuelvas por mi honor,
y agradézcole a tu amor
la limpieza de tu celo.
  Mas como es justo, es razón
dar cuenta a tu padre de esto;
sólo digo que estoy presto,
en sabiendo su intención;
  que yo dichoso me hallo
en que aqueso llegue a ser.

REGIDOR. De la moza el parecer
tomad antes de acetallo.

ESTEBAN. No tengáis de eso cuidado,
que ya el caso está dispuesto:
antes de venir a esto,
entre ellos se ha concertado.

           —En el dote, si advertís,
se puede agora tratar;
que por bien os pienso dar
algunos maravedís.

FRONDOSO.   Yo dote no he menester;
de eso no hay que entristeceros.

REGIDOR. Pues que no la pide en cueros
lo podéis agradecer.

ESTEBAN.   Tomaré el parecer de ella;
si os parece, será bien.

FRONDOSO. Justo es; que no hace bien
quien los gustos atropella.

ESTEBAN.   ¡Hija! ¡Laurencia!...
LAURENCIA.   Señor...
ESTEBAN. Mirad si digo bien yo.
¡Ved qué presto respondió!—
Hija Laurencia, mi amor,
    a preguntarle ha venido
(apártate aquí) si es bien
que a Gila, tu amiga, den
a Frandoso por marido,
    que es un honrado zagal,
si le hay en Fuente Ovejuna...

LAURENCIA. ¿Gila se casa?
ESTEBAN.   Y si alguna
le merece y es su igual.

LAURENCIA.   Yo digo, señor, que sí.
ESTEBAN. Sí; mas yo digo que es fea
y que harto mejor se emplea
Frondoso, Laurencia, en ti.

LAURENCIA.   ¿Aún no se te han olvidado
los donaires con la edad?

ESTEBAN. ¿Quiéresle tú?
LAURENCIA.   Voluntad
le he tenido y le he cobrado;
pero por lo que tú sabes...

ESTEBAN. ¿Quieres tú que diga sí?
LAURENCIA. Dilo tú, señor, por mí.
ESTEBAN. ¿Yo? Pues tengo las llaves,
    hecho está.—Ven, buscaremos
a mi compadre en la plaza.

REGIDOR. Vamos.

ESTEBAN.   Hijo, y en la traza
del dote, ¿qué le diremos?
       Que yo bien te puedo dar
cuatro mil maravedís.

FRONDOSO.   Señor, ¿eso me decís?
Mi honor queréis agraviar.

ESTEBAN.   Anda, hijo, que eso es
cosa que pasa en un día;
que si no hay dote, a fe mía
que se echa menos después.

Vanse, y quedan FRONDOSO *y* LAURENCIA

LAURENCIA.   Di, Frondoso, ¿estás contento?

FRONDOSO.   ¡Cómo si lo estoy! ¡Es poco,
pues que no me vuelvo loco
de gozo, del bien que siento!
     Risa vierte el corazón
por los ojos de alegría,
viéndote, Laurencia mía,
en tal dulce posesión.

Vanse, y salen el MAESTRE, *el* COMENDADOR, FLORES *y* ORTUÑO

COMENDADOR.   Huye, señor, que no hay otro remedio.

MAESTRE.   La flaqueza del muro lo ha causado,
y el poderoso ejército enemigo.

COMENDADOR.   Sangre les cuesta y infinitas vidas.

MAESTRE.   Y no se alabarán que en sus despojos
pondrán nuestro pendón de Calatrava,
que a honrar su empresa y los demás bastaba.

COMENDADOR.   Tus desinios, Girón, quedan perdidos.

MAESTRE.   ¿Qué puedo hacer, si la fortuna ciega,
a quien hoy levantó mañana humilla?
     (Dentro.)
¡Vitoria por los reyes de Castilla!

MAESTRE.   Ya coronan de luces las almenas,
y las ventanas de las torres altas
entoldan con pendones vitoriosos.

COMENDADOR.   Bien pudieran, de sangre que les cuesta.
A fe que es más tragedia que no fiesta.

MAESTRE.   Yo vuelvo a Calatrava, Fernán Gómez.

COMENDADOR.   Y yo a Fuente Ovejuna, mientras tratas

o seguir esta parte de tus deudos,
o reducir la tuya al Rey Católico.

MAESTRE. Yo te diré por cartas lo que intento.
COMENDADOR. El tiempo ha de enseñarte.
MAESTRE.   ¡Ah, pocos años,
sujetos al rigor de sus engaños!

Sale la boda, MÚSICOS, MENGO, FRONDOSO, LAURENCIA,
PASCUALA, BARRILDO, ESTEBAN *y alcalde* JUAN ROJO

MÚSICOS.   *¡Vivan muchos años*
              los desposados!
              ¡Vivan muchos años!

MENGO.   A fe, que no os ha costado
              mucho trabajo el cantar.
BARRILDO.   Supiéraslo tú trovar
              mejor que él está trovado.
FRONDOSO.   Mejor entiende de azotes
              Mengo que de versos ya.
MENGO.   Alguno en el valle está,
              para que no te alborotes,
              a quien el comendador...
BARRILDO.   No lo digas, por tu vida;
              que este bárbaro homicida
              a todos quita el honor.
MENGO.   Que me azotasen a mí
              cien soldados aquel día...
              sola una honda tenía;
              . . . .[1]
              pero que le hayan echado
              una melecina[2] a un hombre,
              que, aunque no diré su nombre,
              todos saben que es honrado,
                   llena de tinta y de chinas,
              ¿cómo se puede sufrir?
BARRILDO.   Haríalo por reír.
MENGO.   No hay risa con melecinas;
                   que aunque es cosa saludable...
              yo me quiero morir luego.

_____
[1] Falta un verso.
[2] *Melecina,* lavativa.

FRONDOSO. Vaya la copla, te ruego,
     si es la copla razonable.
MENGO.   Vivan muchos años juntos
     los novios, ruego a los cielos,
     y por envidia ni celos
     ni riñan ni anden en puntos.
     Lleven a entrambos difuntos,
     de puro vivir cansados.
     ¡Vivan muchos años!
FRONDOSO. ¡Maldiga el cielo el poeta
     que tal coplón arrojó!
BARRILDO. Fue muy presto...
MENGO.   Pienso yo
     una cosa de esta seta[1].
     ¿No habéis visto un buñolero,
     en el aceite abrasando
     pedazos de masa echando
     hasta llenarse el caldero?
     ¿Que unos le salen hinchados,
     otros tuertos y mal hechos,
     ya zurdos y ya derechos,
     ya fritos y ya quemados?
     Pues así imagino yo
     un poeta componiendo,
     la materia previniendo,
     que es quien la masa le dio.
     Va arrojando verso aprisa
     al caldero del papel,
     confiado en que la miel
     cubrirá la burla y risa.
     Mas poniéndolo en el pecho,
     apenas hay quien los tome;
     tanto que sólo los come
     el mismo que los ha hecho.
BARRILDO. Déjate ya de locuras;
     deja los novios hablar.
LAURENCIA. Las manos nos da a besar.
JUAN ROJO. Hija, ¿mi mano procuras?
     Pídela a tu padre luego
     para ti y para Frondoso.

---

[1] *Seta*. secta.

ESTEBAN.   Rojo, a ella y a su esposo
                  que se la dé el cielo ruego,
                  con su larga bendición.
FRONDOSO.   Los dos a los dos la echad.
JUAN ROJO.   Ea, tañed y cantad,
                  pues que para en uno son.

MÚSICOS.   *Al val de Fuente Ovejuna*
                     la niña en cabellos baja;
                     el caballero la sigue
                     de la Cruz de Calatrava.
                     Entre las ramas se esconde,
                     de vergonzosa y turbada;
                     fingiendo que no le ha visto,
                     pone delante las ramas.
                     «¿Para qué te escondes,
                     niña gallarda?
                     Que mis linces deseos
                     paredes pasan.»
                         Acercóse el caballero,
                     y ella, confusa y turbada,
                     hacer quiso celosías
                     de las intrincadas ramas;
                     mas como quien tiene amor
                     los mares y las montañas
                     atraviesa fácilmente,
                     la dice tales palabras:
                     «¿Para qué te escondes,
                     niña gallarda?
                     que mis linces deseos
                     paredes pasan.»

          Salen el COMENDADOR, FLORES, ORTUÑO *y* CIMBRANOS

COMENDADOR.   Estése la boda queda,
                  y no se alborote nadie.
JUAN ROJO.   No es juego aqueste, señor,
                  y basta que tú lo mandes.
                  ¿Quieres lugar? ¿Cómo vienes
                  con tu belicoso alarde?
                  ¿Venciste? Mas ¿qué pregunto?
FRONDOSO.   ¡Muerto soy! ¡Cielo, libradme!
LAURENCIA.   Huye por aquí, Frondoso.

COMENDADOR.	Eso no; prendedle, atadle.
JUAN ROJO.	Date, muchacho, a prisión.
FRONDOSO.	Pues ¿quieres tú que me maten?
JUAN ROJO.	¿Por qué?
COMENDADOR.	No soy hombre yo

que mato sin culpa a nadie;
que si lo fuera, le hubieran
pasado de parte a parte
esos soldados que traigo.
Llevarle mando a la cárcel,
donde la culpa que tiene
sentencie su mismo padre.

PASCUALA. Señor, mirad que se casa.

COMENDADOR. ¿Qué me obliga a que se case?
¿No hay otra gente en el pueblo?

PASCUALA. Si os ofendió, perdonadle,
por ser vos quien sois.

COMENDADOR. No es cosa,
Pascuala, en que yo soy parte.
Es esto contra el maestre
Téllez Girón, que Dios guarde;
es contra toda su orden,
es su honor, y es importante
para el ejemplo el castigo;
que habrá otro día quien trate
de alzar el pendón contra él,
pues ya sabéis que una tarde
al comendador mayor
(¡qué vasallos tan leales!)
puso una ballesta al pecho.

ESTEBAN. Supuesto que el disculparle
ya puede tocar a un suegro,
no es mucho que en causas tales
se descomponga con vos
un hombre, en efecto, amante;
porque si vos pretendéis
su propia mujer quitarle,
¿qué mucho que la defienda?

COMENDADOR. Majadero sois, alcalde.

ESTEBAN. Por vuestra virtud, señor.

COMENDADOR. Nunca yo quise quitarle
su mujer, pues no lo era.

ESTEBAN.	Sí quisistes...—Y esto baste;
	que reyes hay en Castilla
	que nuevas órdenes hacen
	con que desórdenes quitan.
	Y harán mal cuando descansen
	de las guerras, en sufrir
	en sus villas y lugares
	a hombres tan poderosos
	por traer cruces tan grandes;
	póngasela el rey al pecho,
	que para pechos reales
	es esa insignia y no más.
COMENDADOR.	¡Hola! La vara quitadle.
ESTEBAN.	Tomad, señor, norabuena.
COMENDADOR.	Pues con ella quiero dalle,
	como a caballo brioso.
ESTEBAN.	Por señor os sufro. Dadme.
PASCUALA.	¡A un viejo de palos das!
LAURENCIA.	Si le das porque es mi padre,
	¿qué vengas en él de mí?
COMENDADOR.	Llevadla, y haced que guarden
	su persona diez soldados.

Vanse él y los suyos

ESTEBAN.	Justicia del cielo baje.

Vase

PASCUALA.	Volvióse en luto la boda.

Vase

BARRILDO.	¿No hay aquí un hombre que hable?
MENGO.	Yo ya tengo mis azotes,
	que aun se ven los cardenales
	sin que un hombre vaya a Roma.
	Prueben otros enojarle.
BARRILDO.	Hablemos todos.
JUAN ROJO.	Señores,
	aquí todo el mundo calle.
	Como ruedas de salmón
	me puso los atabales.

ACTO TERCERO

Salen ESTEBAN, ALONSO *y* BARRILDO

ESTEBAN.   ¿No han venido a la junta?

BARRILDO.   No han venido.

ESTEBAN.   Pues más apriesa nuestro daño corre.

BARRILDO.   Ya está lo más del pueblo prevenido.

ESTEBAN.   Frondoso con prisiones en la torre,
y mi hija Laurencia en tanto aprieto,
si la piedad de Dios no los socorre...

Salen JUAN ROJO *y el* REGIDOR

JUAN ROJO.   ¿De qué dais voces, cuando importa tanto
a nuestro bien, Esteban, el secreto?

ESTEBAN.   Que doy tan pocas es mayor espanto.

Sale MENGO

MENGO.   También vengo yo a hallarme en esta junta.

ESTEBAN.   Un hombre cuyas canas baña el llanto,
labradores honrados, os pregunta
      qué obsequias[1] debe hacer toda esa gente
a su patria sin honra, ya perdida.
Y si se llaman honras justamente,
      ¿cómo se harán, si no hay entre nosotros
hombre a quien este bárbaro no afrente?
Respondedme; ¿hay alguno de vosotros
      que no esté lastimado en honra y vida?
¿No os lamentáis los unos y los otros?
Pues si ya la tenéis todos perdida,
      ¿a qué aguardáis? ¿Qué desventura es ésta?

JUAN ROJO.   La mayor que en el mundo fue sufrida.

---

[1] *Obsequias,* funerales.

Mas pues ya se publica y manifiesta
    que en paz tienen los reyes a Castilla
y su venida a Córdoba se apresta,
vayan dos regidores a la villa,
    y echándose a sus pies pidan remedio.

BARRILDO.   En tanto que Fernando, aquel que humilla
a tantos enemigos, otro medio
    será mejor, pues no podrá, ocupado,
hacernos bien, con tanta guerra en medio.

REGIDOR.   Si mi voto de vos fuera escuchado,
    desamparar la villa doy por voto.

JUAN ROJO.   ¿Cómo es posible en tiempo limitado?

MENGO.   A la fe, que si entiendo el alboroto,
    que ha de costar la junta alguna vida.

REGIDOR.   Ya, todo el árbol de paciencia roto,
corre la nave de temor perdida.
    La hija quitan con tan gran fiereza
a un hombre honrado, de quien es regida
    la patria en que vivís, y en la cabeza
    la vara quiebran tan injustamente.
    ¿Qué esclavo se trató con más bajeza?

JUAN ROJO.   ¿Qué es lo que quieres tú que el pueblo intente?

REGIDOR.   Morir, o dar la muerte a los tiranos,
pues somos muchos, y ellos poca gente.

BARRILDO.   ¡Contra el señor las armas en las manos!

ESTEBAN.   El rey sólo es señor después del cielo,
y no bárbaros hombres inhumanos.
Si Dios ayuda nuestro justo celo,
    ¿qué nos ha de costar?

MENGO.   Mirad, señores,
que vais en estas cosas con recelo.
Puesto que por los simples labradores
    estoy aquí, que más injurias pasan,
más cuerdo represento sus temores.

JUAN ROJO.   Si nuestras desventuras se compasan,
    para perder las vidas, ¿qué aguardamos?
Las casas y las viñas nos abrasan:
tiranos son; a la venganza vamos.

Sale LAURENCIA, *desmelenada*

LAURENCIA.   Dejadme entrar, que bien puedo
en consejo de los hombres;

Escena de «Fuente Ovejuna», de la representación celebrada
en el Teatro Español, de Madrid, en 1962

Foto Gyenes

que bien puede una mujer,
si no a dar voto a dar voces.
¿Conocéisme?

ESTEBAN.   ¡Santo Cielo!
¿No es mi hija?

JUAN ROJO.   ¿No conoces
a Laurencia?

LAURENCIA.   Vengo tal,
que mi diferencia os pone
en contingencia quién soy.

ESTEBAN.   ¡Hija mía!

LAURENCIA.   No me nombres
tu hija.

ESTEBAN.   ¿Por qué, mis ojos?
¿Por qué?

LAURENCIA.   Por muchas razones,
y sean las principales,
porque dejas que me roben
tiranos sin que me vengues,
traidores sin que me cobres.
Aun no era yo de Frondoso,
para que digas que tome,
como marido, venganza;
que aquí por tu cuenta, corre;
que en tanto que de las bodas
no haya llegado la noche,
del padre, y no del marido,
la obligación presupone;
que en tanto que no me entregan
una joya, aunque la compre,
no ha de correr por mi cuenta
las guardas ni los ladrones.
Llevóme de vuestros ojos
a su casa Fernán Gómez:
la oveja al lobo dejáis,
como cobardes pastores.
¡Qué dagas no vi en mi pecho!
¡Qué desatinos enormes,
qué palabras, qué amenazas,
y qué delitos atroces,
por rendir mi castidad
a sus apetitos torpes!

Mis cabellos, ¿no lo dicen?
¿No se ven aquí los golpes,
de la sangre y las señales?
¿Vosotros sois hombres nobles?
¿Vosotros padres y deudos?
¿Vosotros, que no se os rompen
las entrañas de dolor,
de verme en tantos dolores?
Ovejas sois, bien lo dice
de Fuente Ovejuna el nombre.
Dadme unas armas a mí,
pues sois piedras, pues sois bronces,
pues sois jaspes, pues sois tigres...
—Tigres no, porque feroces
siguen quien roba sus hijos,
mantando los cazadores
antes que entren por el mar
y por sus ondas se arrojen.
Liebres cobardes nacisteis;
bárbaros sois, no españoles.
Gallinas, ¡vuestras mujeres
sufrís que otros hombres gocen!
Poneos ruecas en la cinta.
¿Para qué os ceñís estoques?
¡Vive Dios, que he de trazar
que solas mujeres cobren
la honra de estos tiranos,
la sangre de estos traidores,
y que os han de tirar piedras,
hilanderas, maricones,
amujerados, cobardes,
y que mañana os adornen
nuestras tocas y basquiñas,
solimanes y colores!
A Frondoso quiere ya,
sin sentencia, sin pregones,
colgar el comendador
del almena de una torre;
de todos hará lo mismo;
y yo me huelgo, medio-hombres,
por que quede sin mujeres
esta villa honrada, y torne

	aquel siglo de amazonas, eterno espanto del orbe.
ESTEBAN.	Yo, hija, no soy de aquellos que permiten que los nombres con esos títulos viles. Iré solo, si se pone todo el mundo contra mí.
JUAN ROJO.	Y yo, por más que me asombre la grandeza del contrario.
REGIDOR.	Muramos todos.
BARRILDO.	Descoge un lienzo al viento en un palo, y mueran estos inormes.
JUAN ROJO.	¿Qué orden pensáis tener?
MENGO.	Ir a matarle sin orden. Juntad el pueblo a una voz; que todos están conformes en que los tiranos mueran.
ESTEBAN.	Tomad espadas, lanzones, ballestas, chuzos y palos.
MENGO.	¡Los reyes nuestros señores vivan!
TODOS.	¡Vivan muchos años!
MENGO.	¡Mueran tiranos traidores!
TODOS.	¡Traidores tiranos mueran!

Vanse todos

| LAURENCIA. | Caminad, que el cielo os oye.
—¡Ah, mujeres de la villa!
¡Acudid, por que se cobre
vuestro honor, acudid todas! |

Salen PASCUALA, JACINTA *y otras mujeres*

| PASCUALA. | ¿Qué es esto? ¿De qué das voces? |
| LAURENCIA. | ¿No veis cómo todos van
a matar a Fernán Gómez,
y hombres, mozos y muchachos,
furiosos, al hecho corren?
¿Será bien que solos ellos
de esta hazaña el honor gocen, |

	pues no son de las mujeres
	sus agravios los menores?
JACINTA.	Di, pues, ¿qué es lo que pretendes?
LAURENCIA.	Que puestas todas en orden,
	acometamos a un hecho
	que dé espanto a todo el orbe.
	Jacinta, tu grande agravio,
	que sea cabo; responde
	de una escuadra de mujeres.
JACINTA.	No son los tuyos menores.
LAURENCIA.	Pascuala, alférez serás.
PASCUALA.	Pues déjame que enarbole
	en un asta la bandera:
	verás si merezco el nombre.
LAURENCIA.	No hay espacio para eso,
	pues la dicha nos socorre:
	bien nos basta que llevemos
	nuestras tocas por pendones.
PASCUALA.	Nombremos un capitán.
LAURENCIA.	Eso no.
PASCUALA.	¿Por qué?
LAURENCIA.	Que adonde
	asiste mi gran valor,
	no hay Cides ni Rodamontes.

Vanse, y sale FRONDOSO, *atadas las manos;* FLORES, ORTUÑO, CIMBRANOS *y el* COMENDADOR

COMENDADOR.	De ese cordel que de las manos sobra
	quiero que le colguéis, por mayor pena.
FRONDOSO.	¡Qué nombre, gran señor, tu sangre cobra!
COMENDADOR.	Colgadle luego en la primera almena.
FRONDOSO.	Nunca fue mi intención poner por obra
	tu muerte entonces.
FLORES.	Grande ruido suena.

Ruido suena

COMENDADOR.	¿Ruido?
FLORES.	Y de manera que interrumpen
	tu justicia, señor.
ORTUÑO.	Las puertas rompen.

Ruido

COMENDADOR.   ¡La puerta de mi casa y siendo casa
de la encomienda!

FLORES.   El pueblo junto viene.

JUAN ROJO.   *(Dentro.)*
Rompe, derriba, hunde, quema, abrasa.

ORTUÑO.   Un popular motín mal se detiene.

COMENDADOR.   ¡El pueblo contra mí!

FLORES.   La furia pasa
tan adelante, que las puertas tiene
echadas por la tierra.

COMENDADOR.   Desatadle.
Templa, Frondoso, ese villano alcalde.

FRONDOSO.   Yo voy, señor; que amor les ha movido.

Vase

MENGO.   *(Dentro.)*
¡Vivan Fernando e Isabel, y mueran
los traidores!

FLORES.   Señor, por Dios te pido
que no te hallen aquí.

COMENDADOR.   Si perseveran,
este aposento es fuerte y defendido.
Ellos se volverán.

FLORES.   Cuando se alteran
los pueblos agraviados, y resuelven,
nunca sin sangre o sin venganza vuelven.

COMENDADOR.   En esta puerta, así como rastrillo,
su furor con las armas defendamos.

FRONDOSO.   *(Dentro.)*
¡Viva Fuente Ovejuna!

COMENDADOR.   ¡Qué caudillo!
Estoy porque a su furia acometamos.

FLORES.   De la tuya, señor, me maravillo.

ESTEBAN.   Ya el tirano y los cómplices miramos.
¡Fuente Ovejuna, y los tiranos mueran!

Salen todos

COMENDADOR.   Pueblo, esperad.

TODOS.   Agravios nunca esperan.

COMENDADOR.	Decídmelos a mí, que iré pagando
	a fe de caballero esos errores.
TODOS.	¡Fuente Ovejuna! ¡Viva el rey Fernando!
	¡Mueran malos cristianos y traidores!
COMENDADOR.	¿No me queréis oír? Yo estoy hablando;
	yo soy vuestro señor.
TODOS.	Nuestros señores
	son los Reyes Católicos.
COMENDADOR.	Espera.
TODOS.	¡Fuente Ovejuna, y Fernán Gómez muera!

Vanse, y salen las mujeres, armadas

LAURENCIA.	Parad en este puesto de esperanzas
	soldados atrevidos, no mujeres.
PASCUALA.	¿Los que mujeres son en las venganzas,
	en él beban su sangre es bien que esperes?
JACINTA.	Su cuerpo recojamos en las lanzas.
PASCUALA.	Todas son de esos mismos pareceres.
ESTEBAN.	*(Dentro.)*
	¡Muere, traidor comendador!
COMENDADOR.	Ya muero.
	¡Piedad, Señor, que tu clemencia espero!
BARRILDO.	*(Dentro.)*
	Aquí está Flores.
MENGO.	Dale a ese bellaco;
	que ése fue el que me dio dos mil azotes.
FRONDOSO.	*(Dentro.)*
	No me vengo si el alma no le saco.
LAURENCIA.	No excusamos entrar.
PASCUALA.	No te alborotes.
	Bien es guardar la puerta.
BARRILDO.	*(Dentro.)* No me aplaco.
	¡Con lágrimas agora, marquesotes!
LAURENCIA.	Pascuala, yo entro dentro; que la espada
	no ha de estar tan sujeta ni envainada.

Vase

BARRILDO.	*(Dentro.)*
	Aquí está Ortuño.
FRONDOSO.	*(Dentro.)* Córtale la cara.

Sale FLORES, *huyendo, y* MENGO *tras él*

FLORES.   ¡Mengo, piedad, que no soy yo el culpado.
MENGO.   Cuando ser alcahuete no bastara,
               bastaba haberme el pícaro azotado.
PASCUALA.   Dánoslo a las mujeres, Mengo, para...
               Acaba por tu vida.
MENGO.   Ya está dado;
               que no le quiero yo mayor castigo.
PASCUALA.   Vengaré tus azotes.
MENGO.   Eso digo.
JACINTA.   ¡Ea, muera el traidor!
FLORES.   ¡Entre mujeres!
JACINTA.   ¿No le viene muy ancho?
PASCUALA.   ¿Aqueso lloras?
JACINTA.   Muere, concertador de sus placeres.
PASCUALA.   ¡Ea, muera el traidor!
FLORES.   ¡Piedad, señoras!

Sale ORTUÑO, *huyendo de* LAURENCIA

ORTUÑO.   Mira que no soy yo...
LAURENCIA.   Ya sé quién eres.—
               Entrad, teñid las armas vencedoras
               en estos viles.
PASCUALA.   Moriré matando.
TODOS.   ¡Fuente Ovejuna, y viva el rey Fernando!

Vanse, y salen el REY DON FERNANDO *y la* REINA DOÑA ISABEL,
               y DON MANRIQUE, *maestre*

MANRIQUE.   De modo la prevención
               fue, que el efeto esperado
               llegamos a ver logrado
               con poca contradicción.
                   Hubo poca resistencia;
               y supuesto que la hubiera,
               sin duda ninguna fuera
               de poca o ninguna esencia.
                   Queda el de Cabra ocupado
               en conservación del puesto,
               por si volviere dispuesto
               a él el contrario osado.

REY.
Discreto el acuerdo fue
y que asista es conveniente,
y reformando la gente,
el paso tomado esté.
    Que con eso se asegura
no podernos hacer mal
Alfonso, que en Portugal
tomar la fuerza procura.
    Y el de Cabra es bien que esté
en ese sitio asistente,
y como tan diligente,
muestras de su valor dé;
    porque con esto asegura
el daño que nos recela,
y como fiel centinela,
el bien del reino procura.

Sale FLORES, *herido*

FLORES.
Católico rey Fernando,
a quien el cielo concede
la corona de Castilla,
como varón excelente;
oye la mayor crueldad
que se ha visto entre las gentes
desde donde nace el sol
hasta donde se oscurece.

REY.
Repórtate.

FLORES.
Rey supremo,
mis heridas no consienten
dilatar el triste caso,
por ser mi vida tan breve.
De Fuente Ovejuna vengo,
donde, con pecho inclemente,
los vecinos de la villa
a su señor dieron muerte.
Muerto Fernán Gómez queda
por sus súbditos aleves;
que vasallos indignados
con leve causa se atreven.
El título de tirano
le acumula todo el plebe,

y a la fuerza de esta voz
el hecho fiero acometen;
y quebrantando su casa,
no atendiendo a que se ofrece
por la fe de caballero
a que pagará a quien debe,
no sólo no le escucharon,
pero con furia impaciente
rompen el cruzado pecho
con mil heridas crueles,
y por las altas ventanas
le hacen que al suelo vuele,
adonde en picas y espadas
le recogen las mujeres.
Llévanle a una casa muerto,
y, a porfía, quien más puede
mesa su barba y cabello
y apriesa su rostro hieren.
En efeto fue la furia
tan grande que en ellos crece,
que las mayores tajadas
las orejas a ser vienen.
Sus armas borran con picas
y a voces dicen que quieren
tus reales armas fijar,
porque aquéllas les ofenden.
Saqueáronle la casa,
cual si de enemigos fuese,
y gozosos entre todos
han repartido sus bienes.
Lo dicho he visto escondido,
porque mi infelice suerte
en tal trance no permite
que mi vida se perdiese;
y así estuve todo el día
hasta que la noche viene,
y salir pude escondido
para que cuenta te diese.
Haz, señor, pues eres justo,
que la justa pena lleven
de tan riguroso caso
los bárbaros delincuentes:

mira que su sangre a voces
pide que tu rigor prueben.

REY.   Estar puedes confiado
que sin castigo no queden.
El triste suceso ha sido
tal, que admirado me tienen,
y que vaya luego un juez
que lo averigüe conviene,
y castigue a los culpados
para ejemplo de las gentes.
Vaya un capitán con él,
por que seguridad lleve;
que tan grande atrevimiento
castigo ejemplar requiere;
y curad a este soldado
de las heridas que tiene.

*Vanse, y salen los labradores y labradoras, con la cabeza
de Fernán Gómez en una lanza*

MÚSICOS.   *¡Muchos años vivan
Isabel y Fernando,
y mueran los tiranos!*

BARRILDO.   Diga su copla Frondoso.
FRONDOSO.   Ya va mi copla a la fe;
si le faltare algún pie,
enmiéndelo el más curioso.
    «¡Vivan la bella Isabel,
pues que para en uno son,
él con ella, ella con él!
A los ciegos San Miguel
lleve a los dos de las manos.
¡Vivan muchos años,
y mueran los tiranos!»
LAURENCIA.   Diga Barrildo.
BARRILDO.   Ya va,
que a fe que la he pensado.
PASCUALA.   Si la dices con cuidado,
buena y rebuena será.
BARRILDO.   «¡Vivan los reyes famosos
muchos años, pues que tienen

	la vitoria, y a ser vienen
	nuestros dueños venturosos!
	Salgan siempre vitoriosos
	de gigantes y de enanos,
	¡y mueran los tiranos!»

MÚSICOS.   *¡Muchos años vivan!*, etc.
LAURENCIA.   Diga Mengo.
FRONDOSO.   Mengo diga.
MENGO.   Yo soy poeta donado.
PASCUALA.   Mejor dirás lastimado
                el envés de la barriga.
MENGO.   «Una mañana en domingo
                me mandó azotar aquél,
                de manera que el rabel
                daba espantoso respingo;
                pero agora que los pringo,
                ¡vivan los reyes cristiánigos,
                y mueran los tiránigos!»
MÚSICOS.   *¡Vivan muchos años!*
ESTEBAN.   Quita la cabeza allá.
MENGO.   Cara tiene de ahorcado.

Saca un escudo JUAN ROJO, *con las armas reales*

REGIDOR.   Ya las armas han llegado.
ESTEBAN.   Mostrá las armas acá.
JUAN ROJO.   ¿Adónde se han de poner?
REGIDOR.   Aquí, en el ayuntamiento.
ESTEBAN.   ¡Bravo escudo!
BARRILDO.   ¡Qué contento!
FRONDOSO.   Ya comienza a amanecer,
                con este sol, nuestro día.
ESTEBAN.   ¡Vivan Castilla y León,
                y las barras de Aragón,
                y muera la tiranía!
                    Advertid, Fuente Ovejuna,
                a las palabras de un viejo;
                que el admitir su consejo
                no ha dañado vez ninguna.
                    Los reyes han de querer
                averiguar este caso,
                y más tan cerca del paso
                y jornada que han de hacer.

	Concertaos todos a una
	en lo que habéis de decir.
FRONDOSO.	¿Qué es tu consejo?
ESTEBAN.	Morir
	diciendo *Fuente Ovejuna*,
	y a nadie saquen de aquí.
FRONDOSO.	Es el camino derecho.
	Fuente Ovejuna lo ha hecho.
ESTEBAN.	¿Queréis responder así?
TODOS.	Sí.
ESTEBAN.	Ahora pues; yo quiero ser
	agora el pesquisidor,
	para ensayarnos mejor
	en lo que habemos de hacer.
	Sea Mengo el que esté puesto
	en el tormento.
MENGO.	¿No hallaste
	otro más flaco?
ESTEBAN.	¿Pensaste
	que era de veras?
MENGO.	Di presto.
ESTEBAN.	¿Quién mato al comendador?
MENGO.	Fuente Ovejuna lo hizo.
ESTEBAN.	Perro, ¿si te martirizo?
MENGO.	Aunque me matéis, señor.
ESTEBAN.	Confiesa, ladrón.
MENGO.	Confieso.
ESTEBAN.	Pues ¿quién fue?
MENGO.	Fuente Ovejuna.
ESTEBAN.	Dadle otra vuelta.
MENGO.	Es ninguna.
ESTEBAN.	Cagajón para el proceso.

Sale el REGIDOR

REGIDOR.	¿Qué hacéis de esta suerte aquí?
FRONDOSO.	¿Qué ha sucedido, Cuadrado?
REGIDOR.	Pesquisidor ha llegado.
ESTEBAN.	Echá todos por ahí.
REGIDOR.	Con él viene un capitán.
ESTEBAN.	Venga el diablo: ya sabéis
	lo que responder tenéis.

REGIDOR.   El pueblo prendiendo van,
             sin dejar alma ninguna.
ESTEBAN.   Que no hay que tener temor.
             ¿Quién mató al comendador,
             Mengo?
MENGO.   ¿Quién? Fuente Ovejuna.

Vanse, y salen el MAESTRE *y un* SOLDADO

MAESTRE.   ¡Que tal caso ha sucedido!
             Infelice fue su suerte.
             Estoy por darte la muerte
             por la nueva que has traído.
SOLDADO.   Yo, señor, soy mensajero,
             y enojarte no es mi intento.
MAESTRE.   ¡Que a tal tuvo atrevimiento
             un pueblo enojado y fiero!
                Iré con quinientos hombres,
             y la villa ha de asolar;
             en ella no ha de quedar
             ni aun memoria de los hombres.
SOLDADO.   Señor, tu enojo reporta;
             porque ellos al rey se han dado,
             y no tener enojado
             al rey es lo que te importa.
MAESTRE.   ¿Cómo al rey se pueden dar,
             si de la encomienda son?
SOLDADO.   Con él sobre esa razón
             podrás luego pleitear.
MAESTRE.   Por pleito ¿cuándo salió
             lo que él le entregó en sus manos?
             Son señores soberanos,
             y tal reconozco yo.
                Por saber que al rey se han dado
             me reportará mi enojo,
             y ver su presencia escojo
             por lo más bien acertado;
                que puesto que tenga culpa
             en casos de gravedad,
             en todo mi poca edad
             viene a ser quien me disculpa.
                Con vergüenza voy; mas es
             honor quien puede obligarme,

               y importa no descuidarme
               en tan honrado interés.

                    Vanse; sale LAURENCIA *sola*

LAURENCIA.   Amando, recelar daño en lo amado,
               nueva pena de amor se considera,
               que quien en lo que ama daño espera
               aumenta en el temor nuevo cuidado.
                    El firme pensamiento desvelado,
               si le aflige el temor, fácil se altera;
               que no es a firme fe pena ligera
               ver llevar el temor el bien robado.
                    Mi esposo adoro; la ocasión que veo
               al temor de su daño me condena,
               si no le ayuda la felice suerte.
                    Al bien suyo se inclina mi deseo:
               si está presente, está cierta mi pena;
               si está en ausencia, está cierta mi muerte.

                    Sale FRONDOSO

FRONDOSO.   ¡Mi Laurencia!
LAURENCIA.   ¡Esposo amado!
               ¿Cómo estar aquí te atreves?
FRONDOSO.   ¿Esas resistencias debes
               a mi amoroso cuidado?
LAURENCIA.   Mi bien, procura guardarte,
               porque tu daño recelo.
FRONDOSO.   No quiera, Laurencia, el cielo
               que tal llegue a disgustarte.
LAURENCIA.   ¿No temes ver el rigor
               que por los demás sucede,
               y el furor con que procede
               aqueste pesquisidor?
                    Procura guardar la vida.
               Huye, tu daño no esperes.
FRONDOSO.   ¿Cómo que procure quieres
               cosa tan mal recibida?
                    ¿Es bien que los demás deje
               en el peligro presente
               y de tu vista me ausente?
               No me mandes que me aleje;

porque no es puesto en razón
que, por evitar mi daño,
sea con mi sangre extraño
en tan terrible ocasión.

(*Voces dentro*)

Voces parece que he oído,
y son, si yo mal no siento,
de alguno que dan tormento.
Oye con atento oído.

Dice dentro el JUEZ, *y responden*

JUEZ.   Decid la verdad, buen viejo.
FRONDOSO. Un viejo, Laurencia mía,
atormentan.
LAURENCIA.   ¡Qué porfía!
ESTEBAN.   Déjenme un poco.
JUEZ.   Ya os dejo.
Decid, ¿quién mató a Fernando?
ESTEBAN.   Fuente Ovejuna lo hizo.
LAURENCIA. Tu nombre, padre, eternizo.
. . . . [1].
FRONDOSO.   ¡Bravo caso!
JUEZ.   Ese muchacho
aprieta. Perro, yo sé
que lo sabes. Di quién fue.
¿Callas? Aprieta, borracho.
NIÑO.   Fuente Ovejuna, señor.
JUEZ.   ¡Por vida del rey, villanos,
que os ahorque con mis manos!
¿Quién mató al comendador?
FRONDOSO.   ¡Que a un niño le den tormento
y niegue de aquesta suerte!
LAURENCIA. ¡Bravo pueblo!
FRONDOSO.   Bravo y fuerte.
JUEZ.   Esa mujer al momento
en ese potro tened.
Dale esa mancuerda luego.

---

[1] Falta un verso para la redondilla.

LAURENCIA.	Ya está de cólera ciego.
JUEZ.	Que os he de matar, creed,
	en ese potro, villanos.
	¿Quién mató al comendador?
PASCUALA.	Fuente Ovejuna, señor.
JUEZ.	¡Dale!
FRONDOSO.	Pensamientos vanos.
LAURENCIA.	Pascuala niega, Frondoso.
FRONDOSO.	Niegan niños: ¿qué te espantas?
JUEZ.	Parece que los encantas.
	¡Aprieta!
PASCUALA.	¡Ay, cielo piadoso!
JUEZ.	¡Aprieta, infame! ¿Estás sordo?
PASCUALA.	Fuente Ovejuna lo hizo.
JUEZ.	Traedme aquel más rollizo;
	ese desnudo, ese gordo.
LAURENCIA.	¡Pobre Mengo! Él es sin duda.
FRONDOSO.	Temo que ha de confesar.
MENGO.	¡Ay, ay!
JUEZ.	Comienza a apretar.
MENGO.	¡Ay!
JUEZ.	¿Es menester ayuda?
MENGO.	¡Ay, ay!
JUEZ.	¿Quién mató, villano,
	al señor comendador!
MENGO.	¡Ay, yo lo diré, señor!
JUEZ.	Afloja un poco la mano.
FRONDOSO.	Él confiesa.
JUEZ.	Al palo aplica
	la espalda.
MENGO.	Quedo, que yo
	lo diré.
JUEZ.	¿Quién lo mató?
MENGO.	Señor, Fuente Ovejunica.
JUEZ.	¿Hay tan gran bellaquería?
	Del dolor se están burlando.
	En quien estaba esperando,
	niega con mayor porfía.
	Dejadlos; que estoy cansado.
FRONDOSO.	¡Oh, Mengo, bien te haga Dios!
	Temor que tuve de dos,
	el tuyo me le ha quitado.

Salen MENGO, BARRILDO *y el* REGIDOR

BARRILDO.	¡Vítor, Mengo!
REGIDOR.	Y con razón.
BARRILDO.	¡Mengo, vítor!
FRONDOSO.	Eso digo.
MENGO.	¡Ay, ay!
BARRILDO.	Toma, bebe, amigo.
	Come.
MENGO.	¡Ay, ay! ¿Qué es?
BARRILDO.	Diacitrón.
MENGO.	¡Ay, ay!
FRONDOSO.	Echa de beber.
BARRILDO.	. . . . Ya va[1].
FRONDOSO.	Bien lo cuela. Bueno está.
LAURENCIA.	Dale otra vez de comer.
MENGO.	¡Ay, ay!
BARRILDO.	Ésta va por mí.
LAURENCIA.	Solemnemente lo embebe.
FRONDOSO.	El que bien niega bien bebe.
REGIDOR.	¿Quieres otra?
MENGO.	¡Ay, ay! Sí, sí.
FRONDOSO.	Bebe, que bien lo mereces.
LAURENCIA.	A vez por vuelta las cuela.
FRONDOSO.	Arrópale, que se hiela.
BARRILDO.	¿Quieres más?
MENGO.	Sí, otras tres veces.
	¡Ay, ay!
FRONDOSO.	Si hay vino pregunta.
BARRILDO.	Sí hay: bebe a tu placer;
	que quien niega ha de beber.
	¿Qué tiene?
MENGO.	Una cierta punta[2].
	Vamos; que me arromadizo.
FRONDOSO.	Que beba, que éste es mejor.
	¿Quién mató al comendador?
MENGO.	Fuente Ovejunica lo hizo.

---

[1] Falta el principio del verso.
[2] *Punta*, sabor agrio del vino.

Vanse

FRONDOSO.   Justo es que honores le den.
                    Pero, decidme, mi amor,
                    ¿quién mató al comendador?
LAURENCIA.   Fuente Ovejuna, mi bien.
FRONDOSO.   ¿Quién le mató?
LAURENCIA.   Dasme espanto.
                    Pues Fuente Ovejuna fue.
FRONDOSO.   Y yo ¿con qué te maté?
LAURENCIA.   ¿Con qué? Con quererte tanto.

Vanse, y salen el REY *y la* REINA *y* MANRIQUE, *luego*

ISABEL.   No entendí, señor, hallaros
                    aquí, y es buena mi suerte.
REY.   En nueva gloria convierte
                    mi vista el bien de miraros.
                    Iba a Portugal de paso,
                    y llegar aquí fue fuerza.
ISABEL.   Vuestra majestad le tuerza,
                    siendo conveniente el caso.
REY.   ¿Cómo dejáis a Castilla?
ISABEL.   En paz queda, quieta y llana.
REY.   Siendo vos la que la allana
                    no lo tengo a maravilla.

Sale DON MANRIQUE

MANRIQUE.   Para ver vuestra presencia
                    el maestre de Calatrava,
                    que aquí de llegar acaba,
                    pide que le deis licencia.
ISABEL.   Verle tenía deseado.
MANRIQUE.   Mi fe, señora, os empeño,
                    que, aunque es en edad pequeño,
                    es valeroso soldado.

Vase, y sale el MAESTRE

MAESTRE.   Rodrigo Téllez Girón,
                    que de loaros no acaba,
                    maestre de Calatrava,
                    os pide, humilde, perdón.

Confieso que fui engañado,
y que excedí de lo justo
en cosas de vuestro gusto,
como mal aconsejado.
            El consejo de Fernando
y el interés me engañó,
injusto fiel; y ansí, yo
perdón, humilde, os demando.
            Y si recebir merezco
esta merced que suplico,
desde aquí me certifico
en que a serviros me ofrezco,
            y que en aquesta jornada
de Granada, adonde vais,
os prometo que veáis
el valor que hay en mi espada;
            donde sacándola apenas,
dándoles fieras cogojas,
plantaré mis cruces rojas
sobre sus altas almenas;
            y más quinientos soldados
en serviros emplearé,
junto con la firma y fe
de en mi vida disgustaros.

REY.   Alzad, maestre, del suelo;
que siempre que hayáis venido
seréis muy bien recibido.

MAESTRE.   Sois de afligidos consuelo.
ISABEL.   Vos, con valor peregrino,
sabéis bien decir y hacer.

MAESTRE.   Vos sois una bella Ester,
y vos un Jerjes divino.

                    Sale MANRIQUE

MANRIQUE.   Señor, el pesquisidor
que a Fuente Ovejuna ha ido,
con el despacho ha venido
a verse ante tu valor.

REY.   Sed juez de estos agresores.
MAESTRE.   Si a vos, señor, no mirara,
sin duda les enseñara
a matar comendadores.

REY.   Eso ya no os toca a vos.
ISABEL.   Yo confieso que he de ver
         el cargo en vuestro poder,
         si me lo concede Dios.

Sale el JUEZ

JUEZ.   A Fuente Ovejuna fui
         de la suerte que has mandado,
         y con especial cuidado
         y diligencia asistí.
         Haciendo averiguación
         del cometido delito,
         una hoja no se ha escrito
         que sea en comprobación;
         porque conformes a una,
         con un valeroso pecho,
         en pidiendo quién lo ha hecho,
         responden: «Fuente Ovejuna.»
         Trecientos he atormentado
         con no pequeño rigor,
         y te prometo, señor,
         que más que esto no he sacado.
         Hasta niños de diez años
         al potro arrimé, y no ha sido
         posible haberlo inquirido
         ni por halagos ni engaños.
         Y pues tan mal se acomoda
         el poderlo averiguar,
         o los has de perdonar,
         o matar la villa toda.
         Todos vienen ante ti
         para más certificarte:
         de ellos podrás informarte.
REY.   Que entren, pues vienen, les di.

Salen los dos ALCALDES, FRONDOSO, *las mujeres
y los villanos que quisieren*

LAURENCIA. ¿Aquestos los reyes son?
FRONDOSO. Y en Castilla poderosos.
LAURENCIA. Por mi fe, que son hermosos:
         ¡bendígalos San Antón!

Escena de «Fuente Ovejuna», de la representación celebrada
en el Teatro Español, de Madrid, en 1962

Foto Gyene

SABEL.   ¿Los agresores son éstos?

ALC. ESTEBAN. Fuente Ovejuna, señora,
que humildes llegan agora
para serviros dispuestos.

    La sobrada tiranía
y el insufrible rigor
del muerto comendador,
que mil insultos hacía,

    fue el autor de tanto daño.
Las haciendas nos robaba
y las doncellas forzaba
siendo de piedad extraño.

FRONDOSO.   Tanto, que aquesta zagala,
que el cielo me ha concedido,
en que tan dichoso he sido
que nadie en dicha me iguala,

    cuando conmigo casó,
aquella noche primera,
mejor que si suya fuera,
a su casa la llevó;

    y a no saberse guardar
ella, que en virtud florece,
ya manifiesto parece
lo que pudiera pasar.

MENGO.   ¿No es ya tiempo que hable yo?
Si me dais licencia, entiendo
que os admiréis, sabiendo
del modo que me trató.

    Porque quise defender
una moza de su gente,
que con término insolente
fuerza la querían hacer,

    aquel perverso Nerón,
de manera me ha tratado,
que el reverso me ha dejado
como rueda de salmón.

    Tocaron mis atabales
tres hombres con tal porfía,
que aun pienso que todavía
me duran los cardenales.

    Gasté en este mal prolijo,
porque el cuero se me curta,

polvos de arrayán y murta
más que vale mi cortijo.

ALC. ESTEBAN.   Señor, tuyos ser queremos.
Rey nuestro eres natural,
y con título de tal
ya tus armas puesto habemos.

Esperamos tu clemencia,
y que veas, esperamos,
que en este caso te damos
por abono la inocencia.

REY.   Pues no puede averiguarse
el suceso por escrito,
aunque fue grave el delito,
por fuerza ha de perdonarse.

Y la villa es bien se quede
en mí, pues de mí se vale,
hasta ver si acaso sale
comendador que la herede.

FRONDOSO.   Su majestad habla, en fin,
como quien tanto ha acertado.
Y aquí, discreto senado,
FUENTE OVEJUNA da fin.

ÍNDICE
DE TÍTULOS PUBLICADOS

SELECCIONES AUSTRAL

River Rats (0-15-201411-X) $6.00
BY CAROLINE STEVERMER
After a nuclear war, a group of teens steer a riverboat up and down the Mississippi, playing rock and roll concerts and fleeing the adults who wrecked the world in the first place.

Laughs and wonder from master wit VIVIAN VANDE VELDE

A Hidden Magic (0-15-201200-1) $5.00
Plain Princess Jennifer must rescue the vain—and cursed—prince from his own stupidity, as well as a lisping dragon, a dim-witted giant, and a cast of crazies in this witty fractured fairy tale.

A Well-Timed Enchantment (0-15-201765-8) $6.00
Deanna drops her watch into a well and is magicked away to eighth-century France, where her watch, if it falls into the wrong hands, will change the world. She must find it first!

JANE YOLEN's classic *Pit Dragon Trilogy*

Dragon's Blood (0-15-200866-7) $6.00
Jakkin's only hope for freedom is to kidnap and train a dragon of his own, a dragon that will grow into a champion in the vicious fighting pits of Austar IV.

Heart's Blood (0-15-200865-9) $6.00
When his beloved vanishes, Jakkin and his dragon, Heart's Blood, become embroiled in a plot deadlier than any dragon pit match.

A Sending of Dragons (0-15-200864-0) $6.00
On the run from government forces, Jakkin and Akki stumble upon a twisted sect of dragon worshipers.

The Transfigured Hart (0-15-201195-1) $5.00
BY JANE YOLEN
Is Richard crazy? Or is there a unicorn hiding in the Five Mile Wood? And how will Richard and Heather protect the unicorn from the hunters who don't recognize its beauty?
